und sogar die Luft erscheint mir wie eine Gespensterluft

Rolf Dieter Brinkmann, *Rolltreppen im August*

Il y avait quelqu'un, et, un instant plus tard, il n'y a personne.

Simone Weil, *L'Iliade ou le poème de la force*

DOROTHEE ELMIGER
SCHLAFGÄNGER

DOROTHEE ELMIGER

SCHLAFGÄNGER

ROMAN

DUMONT

Mit Unterstützung von Pro Helvetia, Schweizer Kulturstiftung.
Außerdem dankt die Autorin dem Kanton Appenzell Innerrhoden
und der Villa Aurora, Los Angeles.

Erste Auflage 2014
© 2014 DuMont Buchverlag, Köln
Alle Rechte vorbehalten
Umschlag: Nurten Zeren / zerendesign.com
Gesetzt aus der Adobe Garamond Pro,
der Trajan Pro und der AK 11
Druck und Verarbeitung: CPI books GmbH, Leck
Gedruckt auf säurefreiem und chlorfrei gebleichtem Papier
Printed in Germany
ISBN 978-3-8321-9742-1

www.dumont-buchverlag.de

Im Schlaf, sagte die Übersetzerin, sah ich einmal das ganze europäische Gebirge zusammenbrechen, wie von Sinnen lag ich da, aber still, hörte auch Geräusche in diesem Zusammenhang, die Gipfel zerbrachen vor meinen Augen, alles stürzte langsam ein und kam mir als Geröll entgegen, Gestein wurde durch die Luft geschleudert, ich sah, wie die Flanken in Bewegung gerieten, in Stücke zerfielen, alles kam auf mich zu. Später wachte ich auf, der Raum war leer, die Heizung auf höchster Stufe eingestellt. Unverändert lag die Landschaft vor den Fenstern, das ganze nächtliche Panorama, das aufgefaltete, das gestapelte Gestein.

A. L. Erika sagte, der Ort, an den sie denke, sei nicht über eine Straße zu erreichen, man gelange nur zu Fuß oder auf Pferden dorthin, dieser Ort sei eine Schlucht, durch die ein Fluss führe, relativ viel Geäst und Grün, Versteinerungen in den Felswänden, das Wasser sei ganz klar, wie in der Karibik.

Am Fenster saß Fortunat und las; den Alpstein habe er auf Tageswanderungen kennengelernt, auch die Innerschweiz und Kärnten, sagte er.

Und wiederum, rief die Übersetzerin, sah ich alles um mich einbrechen, eine plötzliche Explosion jagte die Alpen auf, langsam und still sah ich die Gipfel, Grate niedergehen in meine Rich-

7

tung. Stunden später betrat jemand das dunkle Zimmer, legte sich neben mich, atmete ruhig, ich schloss die Augen, was wurde eingeläutet und wer hatte damit zu tun.

Zuvor war nichts Besonderes geschehen, sagte der Logistiker, nur dass ich alle Dinge fallen ließ, alles glitt mir aus den Händen zu dieser Zeit und fiel. Ich sah den Dingen zu, wie sie fielen, ruhig stand ich da, während sie sich im Fall von mir entfernten, schließlich aufprallten, ich sagte nie ein Wort. In jenen kurzen Augenblicken wurden mir die Dinge mit zunehmender Entfernung fremd, ich sah nicht mehr die Gabel, das Glas und so weiter als Gabel und als Glas, sondern sah nur etwas vor mir liegen, ein so und so geformtes Objekt, das stand in keinerlei Beziehung zu mir selbst. Ich war darüber nicht beunruhigt, es war mir gleichgültig, dass beispielsweise das Glas auf dem Küchenboden zersprang, und auch das Klirren erschreckte mich nicht, so als hätte ich das Geräusch erwartet oder als hörte ich es nur von sehr fern, als hätte mich die Erzählung von einem solchen Geschehen längst auf alles vorbereitet. Ich schlief kaum mehr, ging unruhig durch die Zimmer, saß in der Küche, ich legte mich hin, war müde, aber schlief nicht ein.

A. L. Erika erhob sich und trat hinter ihren Stuhl, als würde sie einen wichtigen Vortrag beginnen: Wenn ich nachts hin und wieder durch die Stadt ging, sagte sie, dachte ich an die Schlafenden, die tausend, Millionen Schlafenden, die in dunklen Zimmern lagen, still und mit weichen Zügen, wie sie sich bewegten im Schlaf und atmeten, in den Vorstädten, an der Pazifikküste, am Rand der Wüste.

8

Das Radio, fuhr der Logistiker fort, lief rund um die Uhr, der Nachrichtensprecher sprach von zwölf Kältetoten in Westeuropa, der Himmel war blau, auf dem Alpgebirge lag der ewige Schnee, über die Grenze kamen und gingen die Leute zu dieser Zeit, zu jeder Zeit, es brach ein Tag an vor den Fenstern, dann ging er wiederum zu Ende und alles verdunkelte sich. Nachts machte ich die Lampe an, die neben der Matratze stand, oder ich fand sie brennend vor, ich hatte begonnen zu vergessen, schien die Erinnerung an die vergangenen Tage zu verlieren, sachte entglitt mir vieles, und ich war einverstanden, ich hatte keinen Einwand vorzubringen, stand auf und setzte mich, saß ruhig auf meinem Stuhl, es kümmerte mich nichts auf der Welt.

Die Vorstellung, sagte A. L. Erika, dass sich zu einer Stunde oder der anderen jeder Mensch dem Schlaf hingab, dass der Schlaf allen gleichermaßen und regelmäßig zustieß, beschäftigte mich. Ich ging manchmal durch die Stadt zum Zeitpunkt größter Dunkelheit, und wenn ich mich dann zufällig an einem erhöhten Punkt wiederfand, in Los Feliz, am Fuß der Hügel von West Hollywood, betrachtete ich die leuchtende Stadt, die weiter reichte, als mein eigenes Auge sehen konnte, die Lichter, die immerzu seltsam flimmerten.

Und war die Müdigkeit zu Beginn mit einem großen Flackern noch eingezogen und hatte mir, so rief der Logistiker, hinter den Lidern einen hellen Brand verursacht, so beruhigte sich alles in einem Augenblick und ward still. So saß ich am Fenster, wach, ich tat kein Auge zu. In der Ferne fuhren die Züge aus der Stadt hinaus auf andere Städte zu, kehrten zurück und immer weiter so.

Hin und wieder klingelte das Telefon, und ich hob ab, heiter fast. Manchmal war es meine Schwester, die anrief und fragte, wie es mir gehe, sie bestellte Grüße von ihrem Ehemann, einem Bratschisten aus Rio de Janeiro, dem es gutgehe, so sagte sie jedes Mal, und fügte dann hinzu, er habe aber Schmerzen in den Fingern der linken Hand und klage über die Zugluft im Orchestergraben. Manchmal war der Journalist am Apparat, er sprach von dem Geschehen in der Schweiz, er habe über dieses oder jenes Ereignis nachgedacht, so begann er meist das Gespräch und holte dann aus, er habe sich das so und so gedacht, er sei der Meinung, man müsse jetzt auf diese oder jene Art und Weise darüber schreiben, es sei wichtig, nun dies oder jenes dazu zu sagen und, so schloss er meist das Gespräch, das werde er jetzt tun.

Nach Tagen ohne Schlaf verließ ich dann das Haus, ich trat auf die Straße, das helle Licht schoss mir gewaltig in die Augen, und als ich zurückblickte, sah ich eine Person in meiner Wohnung am Fenster stehen, es schien mir für einen Augenblick, als sähe ich mich selbst im Schlaf, als stünde der eine schlafend am Fenster oder als ginge der andere schlafwandelnd aus dem Haus, aber ich schlief nicht, nein, war wach. Auch jetzt schien es mir, als wären alle Dinge gleichermaßen von mir weggerückt, als geschähe alles zur selben Zeit – die Warnlichter an den Schloten blinkten außer Takt, ein Grenzwächter bewaffnete sich, die Ampel stand auf Rot, eine Passantin näherte sich, einer schob eine singende Säge durchs Holz, einer trieb einen Stift durch einen Balken, um den Turm der Lagerhalle kreiste ein Vogel.

Auch tagsüber, sagte A. L. Erika, sah ich die Schlafenden, sie lagen an den Rändern der Straße, auf Ladeflächen, oder sie saßen auf einer Bank am Pazifik, und sie schliefen. Bei einem Treffen an der Küste hatte der Student aus Glendale unvermittelt zu mir gesagt, er habe manchmal die seltsame Hoffnung, dass sich alles zum Besseren wendete, könnten die Menschen nur ab und zu einen Blick auf die Schlafenden werfen, und er zitierte: *Mit offenen Augen neige ich mich über die geschlossenen Augen der Schlafenden,* hier die Busfahrerin, die die Linie 2 zuletzt bis zur Küste fuhr, da eine Familie aus Seoul, zwei Studentinnen in einem Zimmer in Echo Park. Der Schlaf, rief die Schriftstellerin am Kopfende des Tisches, sei eine anthropologische Konstante. Der Student aus Glendale, der neben ihr saß, bemerkte, ihm sei der Fall eines Amerikaners bekannt, der vor gut fünfzig Jahren rund zweihundert Stunden ohne Schlaf zugebracht habe. Am fünften Tag habe der Mann behauptet, er sehe Spinnen, die aus seinen Schuhen kröchen, am achten Tag habe er, obwohl wach, aus medizinischer Sicht alle Merkmale eines Schlafenden aufgewiesen.

Wenn ich das beschreiben müsste, dann ungefähr so, sagte der Logistiker, als hätte ich in einem Fieber die Zeitungen gelesen, und es wäre mir alles direkt in den Kopf gestiegen, als wäre alles Mögliche tatsächlich und vor meinen eigenen Augen geschehen oder als wäre ich in ungeheurem Tempo durch die Welt gegangen und hätte alles mitangesehen. Stellen Sie sich vor, Sie verfolgten das Geschehen allein dieses Landes, der Schweiz, fuhr der Logistiker fort, aus stets unmittelbarer Nähe. Alles kam so daher aus der Welt, ging mir in einem Schwindel durch den Kopf und zog dann von der Stelle, der Lottokönig verlor sein

Geld, die warmen Körper der Flüchtlinge wurden im Wald entdeckt, die Bauern kehrten ein, und das Schiff ging leck und brach entzwei. Ich ging vorbei an der Endhaltestelle der Straßenbahn Richtung Stadt, und wie ich mich von der Grenze entfernte und stadteinwärts ging, tauchten an meiner Seite plötzlich Personen auf, sie gingen scheinbar mit mir auf Wanderung, ein Mann mit einer Decke über den Schultern, Frauen mit Gepäck, dazwischen ein Kind, das fragte: Was tun? Wir gingen lange, so schien es mir, über Hügel, über ganze Kontinente gingen wir (und die Ränder der Kontinente reichten ins Meer hinein, und die Pfade lagen scheinbar harmlos da und die Wege verlassen, die Möwen hatten ihre Augen zum Schlaf geschlossen, die Wellen schlugen in der Ferne auf, ein Stück Plastik hatte sich am Straßenrand im Gras verfangen, der Wind trieb sich durch die Nacht) und durch die Zeit, es schien mir, als träumte ich, aber ich schlief nicht, nein, war wach, es brach die weiße Stunde an, und immer rascher gingen wir herum in der Welt, ich war in guter Gesellschaft und ganz heiter gestimmt, es erschien mir alles vor den Augen, die Türen der Züge schlossen sich, ein Pflücker stolperte im Feld, als der Korb erst voll war, ein Redner trat auf, und eine Frau betrat den Untergrund, es wurde Abend im TV, die Entlassenen verließen ihre angestammten Plätze, wir gingen immer weiter, aber vor Einbruch der Nacht gelangten wir wie von Geisterhand von Mulhouse her wieder über die Grenze nach Basel, in der Elsässerstraße war kein Mensch zu sehen, der Grenzübergang lag verlassen da, nur am Fenster der Wohnung stand ich selbst mit weit geöffneten Augen und stumm, als sei mir das letzte Wort im Mund noch vergangen.

Fortunat sagte, der Ort, an den er denke, sei eine Meerenge, er lese dazu bei Bebi Suso, Zitat, *Während wir die Meerenge durchquerten, hoffte ich, die Drift der Kontinentalplatten beschleunigte sich endlich; dann wiederum wünschte ich, die Teile hätten sich gar nicht erst von der Stelle bewegt.* Susos ausgezeichnetes *Tagebuch einer Passagierin* habe sie ebenfalls gelesen, bemerkte die Schriftstellerin, sie erinnere sich vor allem an die Schilderung einer langen Wanderung, die die Protagonistin über eine Hochebene oder durch eine Art Wüste führte.

Als ich meine Küche betrat, sagte der Logistiker, saß dort der Mann mit der Decke über den Schultern, er las die Zeitung und nickte mir zu, am Fenster standen drei Frauen und tranken Kaffee, ich sah die Schlagzeilen, eine Frau schmuggelte Kokain im Intimbereich, Frau mit 152 Gramm Kokain in Vagina von Grenzwächtern geschnappt, 152 Gramm! Frau (20) schmuggelt Kokain in Vagina, Schmuggel-Trick: Kokain in der Vagina, eine Nigerianerin trug den Stoff zwischen ihren Beinen, auf der Strecke Biel–Konstanz, las ich, habe man die Frau im Zug entdeckt, am Bahnhof von Baden habe man sie verhaftet, und in diesem Moment erinnerte ich mich daran, wie ich selbst einmal von Biel nach Konstanz gefahren war, dabei den Pass auf meinem Schreibtisch vergessen und während meines Aufenthalts in Deutschland befürchtet hatte, die Wiedereinreise in die Schweiz würde mir verweigert, in Wahrheit aber hatte man mir die Passage ohne Weiteres gewährt.

Frage, sagte die Übersetzerin: Waren Sie als Logistiker im Bereich Export tätig? Seefracht-Import, antwortete der Logistiker.

Die Schriftstellerin stand auf und sagte, sie sei müde, der Student aus Glendale, Los Angeles habe A. L. Erika nachts die langen Gedichte Walt Whitmans vorgetragen, sie habe seine Stimme durch die Wand gehört. Whitmans Sätze enden oft mit Ausrufezeichen, fügte sie an und verließ den Saal, erschien aber kurz darauf noch einmal in der Tür und ließ ihren Blick über die Anwesenden schweifen: Was ging Ihnen, fragte sie den Logistiker, durch den Kopf, da Sie, wie Sie selbst sagen, diesen Personen zuletzt in Ihrer eigenen Wohnung begegneten? Wie ich schon sagte, ging mir alles Mögliche durch den Kopf, erklärte der Logistiker. Ich war aber keineswegs überrascht, diese Leute in meiner Wohnung anzutreffen, und es beunruhigte mich nicht. Sie waren mir unbekannt, sie waren undurchsichtig und schattig, fürwahr. Aber verhält es sich nicht ebenso mit meiner eigenen Person? Oft schon verließ ich einen Raum voller Freunde ohne ein Wort und unauffällig, so als würde ich nur eine vergessene Schachtel Zigaretten aus dem Auto holen, und ging in Wahrheit nach Hause, ohne mich zu verabschieden, weil ich nicht verstand, was sie sagten und was sie mir bedeuten wollten.

Ob sich unter den Pflanzen wohl auch eine tropische befinde, fragte A. L. Erika und wies mit dem Kopf zum Fenster, Fortunat habe ja kürzlich erst bemerkt, er stamme aus einer Familie berühmter Botaniker, ihre eigene Familie verfüge über keine herausragenden Persönlichkeiten. Die Übersetzerin schüttelte den Kopf, Pflanzen interessierten sie nicht besonders, sagte sie, auch Tiere nicht.

Kurz vor Mitternacht, so fuhr der Logistiker fort, klingelte das Telefon, und am Apparat war der Journalist, er sprach vom Geschehen in der Schweiz, er sagte, in einem Wald bei Basel habe ein ihm bekannter Spaziergänger an einem der letzten Abende des vergangenen Jahres eine Familie angetroffen, die dabei gewesen sei, sich für die Nacht im Gebüsch einzurichten, ihre Mitglieder hätten soeben eine Decke an ihren vier Ecken genommen und auf dem Waldboden ausgebreitet, er habe im schwindenden Licht noch die Atemwolken gesehen, die aus ihren Mündern stiegen und durchs Geäst zogen. Er, der Journalist, habe gehört, das sogenannte Empfangszentrum an der Grenze sei zu dieser Zeit zum wiederholten Male voll gewesen. Er habe außerdem vor Kurzem gelesen, dass sich Fingerkuppen, die mit Schleifpapier oder an rauen Wänden abgeschliffen werden, innerhalb von zwei bis drei Wochen wieder erholen, dass man in den Empfangszentren also oft zwei bis drei Wochen warte, um dann die Leute anhand ihrer Fingerkuppen zu identifizieren. Er frage sich, ob solch abgeschliffene Fingerkuppen bluteten oder nur aufgeraut seien, er frage sich, ob dieses Schleifen der Kuppen nicht dann jeden Gebrauch der Hände verhindere, es müssten ja sämtliche zehn Fingerkuppen abgeschliffen werden, damit keine Abdrücke genommen werden könnten, sagte er, und, wenn er sich jetzt einen Mann oder eine Frau vorstelle, eine Person, die sich also den Körper auf diese Art und Weise verletze, an einer Hauswand vielleicht, nach einer mehrwöchigen Reise, dann müsse dieser Person, ja, etwas Gewaltiges doch im Nacken sitzen. Er habe selbst kurz im Flur seiner Wohnung innegehalten und den rauen Verputz betrachtet, er habe seine Finger auf diesen Verputz gelegt und sich dann gefürchtet, einen solchen Versuch zu machen, auch mit nur einem Finger.

15

Ich bin Journalist, rief der Journalist am Apparat, und als Journalist habe ich mich gefürchtet, auch nur einen meiner Finger an der Wand aufzureiben, obwohl dies offensichtlich Teil meiner Recherche gewesen wäre, etwas Gewaltiges muss einem doch im Nacken sitzen. Er setzte ab, und ich hörte, wie er am anderen Ende der Leitung aß und atmete. In allen Zimmern der Wohnung brannte Licht, es war ein angenehmes Licht, das plötzlich brannte, ganz ohne Flackern, aber ich hatte es nicht selbst angemacht, ich war müde und schlief nicht, lauschte den entfernten Geräuschen des Journalisten. Schließlich, sagte dieser nach einer langen Zeit, könne man vielleicht sagen, es handle sich hier um den Versuch, den Körper, sich selbst also, zum Verschwinden zu bringen, vorübergehend zumindest, um die Grenze zu überqueren, und so, fuhr der Journalist fort, führten diese Personen eigentlich ganz präzise und eigenhändig aus, was von ihnen verlangt werde. Als der Journalist sich endlich verabschiedete mit der Ankündigung, er werde mir die neuen Nummern der Zeitung fortan zusenden und was ihm außerdem in die Hände falle, blieb ich einen Moment lang stehen und sah mich um, als wären mir die Räume plötzlich unbekannt, als sähe ich sie zum ersten Mal, ich duckte mich, als hätte ich dieses Telefonat unerlaubt und heimlich geführt, und als ich den Hörer auf die Gabel legte und die Küche verließ, schwankte ich, streifte die Wand mit meinem Arm, aber fand dazu kaum ein Gefühl vor. Es stiegen mir noch immer Bilder im Kopf herum, aber ich sorgte mich nicht, ich war nur ein stiller Zuschauer, hier bog eine Passantin um die Ecke, ein Ortskundiger wies mir den Weg zum Hafen, ein Spaziergänger ging im Wald mit einem Stock. Ich las in der Zeitung: Wenn sie merken, dass es ohne Fingerabdruck nicht weitergeht, kooperieren sie in aller

Regel, ich sah die warmen Körper der Flüchtlinge unterwegs, sah einen Frachter unter belgischer Flagge rheinabwärts fahren, vor ein paar Wochen standen die Container noch in den USA, Australien, Shanghai, und heute stehen sie hier, erklärte der Kranführer am Hafen, ich sah den Ehemann meiner Schwester, der die Bratsche in einem Koffer durch St. Gallen trug, ich las in der Zeitung, Ipecacuanha-Sirup werde gefertigt aus der giftigen Wurzel einer Pflanze, die in den tropischen Tieflandregenwäldern heimisch sei, sie trage weiße Blüten und purpurrote Früchte, dieser Sirup, las ich, löse Krämpfe und Brechreiz aus, es sei nun zehn Jahre her, dass eine Rechtsmedizinerin im benachbarten Ausland einem Neunzehnjährigen aus Nigeria oder Kamerun eine Magensonde durch die Nase gelegt und so den Sirup eingeflößt habe, der Beamte: Nachdem der Kollege D. und ich die Positionen getauscht hatten – die anderen Kollegen fixierten unverändert die Beine –, wurde von Frau Prof. L. ein weiterer Versuch unternommen, die Sonde einzuführen. Ich fixierte zu diesem Zweck den Kopf des John mit meinem linken Knie und meiner linken Hand sowie mit dem rechten Knie die rechte Schulter des John, man habe dem Mann einundvierzig Kokainkügelchen aus dem Magen geholt, nach dem Einflößen des Ipecacuanha-Sirups fiel er zu Boden, schrieb die Zeitung, ein Rechtsmediziner: Eigentlich keine ungewöhnliche Reaktion, aber dann setzten Atmung und Puls aus, so starb Achidi John, und ich, ich legte mich hin, aber ich schlief nicht ein, hinter geschlossenen Lidern sah ich die Stadt, den ganzen Grenzverlauf, es zerlegte sich eine Wärmebildkamera von selbst in ihre Teile vor meinen Augen, ein Flugzeug flog über die Flughafenstraße, und Achidi John erzählte: Im Alter von fünf Jahren hat meine Mutter mich nach Won gebracht, das liegt in der Nähe von Bata.

Seit meinem siebten Lebensjahr diente ich König Eze von Won, bis er 1999 starb. Dann sperrten mich die Leute in einen Käfig ein und sagten, ich solle geopfert werden. Ich konnte fliehen, mit einem Kanu kam ich zu einem großen Schiff, wo ich mich im Laderaum versteckte. Als die Leute mich entdeckten, gab ich ihnen das Gold, das ich vom König mitgenommen hatte. Da behandelten sie mich gut. In einem Hafen sagten sie, ich solle in die Stadt gehen. Später erfuhr ich, dass dies Hamburg war.

Die Schriftstellerin sagte an diesem Abend, sie sei keine Lügnerin, auch nie eine gewesen, und die Anwesenden lachten.

Der Logistiker fuhr fort: Es baute sich in Basel ein Mann vor mir auf, die ganze Hafenanlage baute sich plötzlich vor mir auf, die Kräne und die Türme türmten sich auf, die Container wurden gelöscht, die Schiffe machten los, die Silos schoben sich empor vor meinen Augen, und der Mann begann zu sprechen am Hafen im TV, So, guten Tag, meine Damen und Herren, mein Name ist Martin Affeltranger, ich bin heute ihr Hafenführer, wir stehen hier auf dem Silo Nummer 1, der ist 53 Meter hoch, wurde 1924 gebaut und ist immer noch in Betrieb. Von hier haben wir einen guten Rundblick auf die Gegend: Wir sind am südlichen Rand der oberrheinischen Tiefebene, und wir sind umgeben von drei Gebirgszügen, wenn wir da anfangen auf dieser Seite, schwach erkennbar wegen des Nebels, der Jura. Er zieht sich dann entlang der deutsch-französischen Grenze bis runter in die Gegend von Genf. Die andere Rheinseite ist das französische Ufer, die Stadt Hüningen oder Huningue auf Französisch, nicht erkennbar jetzt wegen des Nebels da hinten, das sind die Vogesen. Und dann auf dieser Seite sehen wir den Schwarzwald, er beginnt beim Isteiner Klotz und endet beim Grenzacher Horn. Der Rhein, der kommt zwischen Schwarzwald und Jura durch, also von Osten her, macht hier in der Stadt so einen Bogen und geht nach Norden weg, und die Türme versanken im Boden, und die Kontinente reichten ins Meer hinein, meine Augen öffneten und schlossen sich, als atmeten sie mitsamt dem Körper, als sei ich im Begriff, für eine lange Zeit zu verschwinden, und der Isteiner Klotz zerbrach in viele Stücke. Frage: Wie viele Straßen und Wege stehen für die Einreise in die Schweiz zur Verfügung? Antwort: Dafür stehen mehrere Hundert Straßen und Wege zur Verfügung.

Am Tag zuvor, sagte die Übersetzerin, habe sie ihr Zimmer betreten und sich hingelegt, ich lag da mit geschlossenen Augen, sagte sie, und es wurde leise, nur vereinzelte Geräusche stellten sich aber geradezu klar und deutlich heraus. Kurz bevor ich einschlief, hörte ich ein leises Läuten, oder täuschte ich mich, es war ungefähr dreizehn Uhr.

A. L. Erika: Oft versuchte ich während meiner Zeit an jener Küste, deren äußerste Teile in der Vergangenheit immer wieder ins Meer gebrochen waren, Briefe an meine Eltern zu schreiben, aber es gelang mir nie, die Dinge, die ich ihnen mitteilen wollte, in Worte zu fassen. Mutter, Vater, ich bin in der Stadt – so begann ich jeden Brief und fuhr dann fort mit der Schilderung eines Tages, der so oder so verlaufen war, oder mit der Beschreibung der Stadt am frühen Morgen und der Hitze, mit der Beschreibung des Lichts, das einem die Augen entzündete, sodass sie brannten, als hätte man alle Nächte nicht geschlafen oder angesichts eines irren Schauspiels die Lider kaum gesenkt, dabei unversehens direkt in die Sonne geblickt. Jedes Mal, wenn ich einen Brief so begann, drängte sich mir aber nach wenigen Zeilen das Gefühl auf, die tatsächlichen Ereignisse, die Aussichten, das Panorama ganz falsch darzustellen, und ich legte den Stift beiseite.

Die Schriftstellerin war am Kopfende des Tisches eingenickt, der Logistiker saß daneben und sagte, er habe vor vier oder fünf Jahren eine junge Übersetzerin kennengelernt, die damals eben ihr Studium abgeschlossen hatte und für unbestimmte Zeit nach Europa gekommen war. Nach ihrer Ankunft habe sie, Winnie, einige Wochen in Frankfurt gelebt und dort einen großen Teil ihres Geldes für ein Zimmer ausgegeben, das sie zur Untermiete genommen hatte.

Das Ehepaar Boll, rief der Student aus Glendale und zeigte zum Fenster, draußen ging ein älteres Paar vorbei, der Logistiker fuhr fort: Das Zimmer war im Bahnhofsviertel gelegen, und nachdem Winnie, wie sie mir erzählte, wiederholt mitten in der Nacht von den lauten Rufen eines Mannes geweckt wurde, der aus dem Hinterausgang einer Spielhalle in den dunklen Hof gestoßen wurde und verzweifelt wieder Einlass begehrte, indem er an der Tür riss mit beiden Händen, bis er endlich müde in den Hof fiel, während die Reklame des Lokals stetig und ruhig blinkte, beschloss sie, nach Basel zu fahren und sich im Kunstmuseum eine Ausstellung anzusehen, die unter anderem ein Video des Künstlers Bas Jan Ader zeigte, der 1975 auf hoher See verschwunden war. Wie sie mir später mehrere Male erzählte, trug es den Titel *Fall I* und zeigte den Künstler, der vom Dach seines Hauses in Los Angeles fiel. Wie haben Sie sich kennengelernt?, fragte die Schriftstellerin, Antwort: Wir trafen uns zufällig, als wir beide am frühen Abend über die Wettsteinbrücke nach Kleinbasel gingen und ein Fahrradfahrer plötzlich stürzte. Winnie war ungeschickt und nervös, sie ließ die Tasche fallen, die sie mit sich trug, und sprach ein kaum verständliches, hastiges Deutsch, während sie sich über den Fahrradfahrer beugte, dem Blut in einer dünnen Linie über die Stirn rann, der Wind fuhr in einem fort über die Brücke.

Und sahen Sie sich danach wieder?, fragte A. L. Erika auf der Stelle, als der Logistiker wieder abzubrechen drohte. Oft, sagte er, verbrachte Winnie die Tage bei mir, und wenn ich frühmorgens das Haus verließ und Richtung Hafen fuhr, saß sie weiterhin in meiner Küche, las Bücher und Zeitungen oder schrieb in ihre Notizhefte, die sie nach einigen Wochen immer in den Mülleimer warf, weil sie, wie sie selbst einmal erklärte, ihre Handschrift nicht ertrug. Nachmittags wurde sie oft unruhig, sie verließ das Haus und suchte, so sagte sie, in den Antiquariaten der Altstadt nach Büchern, die sie mir schenkte, nachdem sie sie gelesen hatte. Sie drückte sie mir äußerst beiläufig in die Hand, Virginia Woolf, Shakespeare, die Reportagen Hunter S. Thompsons. Überhaupt war sie sehr zurückhaltend, es schien mir, als hätte ihr nie eine andere Rolle als die der Betrachterin zur Wahl gestanden und als hätte sie sich schweigend dieser Aufgabe gefügt, stets als Zuschauerin durch die Straßen zu gehen. Am Tag nach ihrer Abreise nahm ich die alte Shakespeare-Ausgabe zur Hand, und als ich darin zu lesen begann, verstand ich, weshalb sie mir oft, wenn ich von der Arbeit nach Hause kam, *who's there?* entgegengerufen hatte, obwohl sie wusste, dass nur wir beide in meiner Wohnung ein und aus gingen.

Who's there?, rief Fortunat, den Tauchsieder in der Hand. Who's there?, murmelte die Schriftstellerin im Halbschlaf am Tischende. Der Logistiker: Erst als ich das Buch aufschlug, sah ich also, dass es sich bei dieser Frage um die erste Zeile aus Shakespeares *Hamlet* handelte, da der eine Wächter im Dunkel zum anderen spricht, bei der Wachablösung.

Das Thema sind vielleicht die Gespenster, warf eine Frau ein, die in der Tür zum Speisesaal stand. Ein andermal, fuhr der Logistiker fort, sagte Winnie zu mir, wir seien es ja gewohnt, diese Frage nach der Identität jeweils der Situation entsprechend zu beantworten. Vor allem interessierten sie jene Fälle, in denen die Befragten wüssten, dass ihnen eine im Zusammenhang richtige und scheinbar wahrheitsgetreue Beantwortung der Frage zum Nachteil gereichen würde. Es interessiere sie der Dieb vor dem Polizisten, beispielsweise, also die Antwort des Diebs auf die Aufforderung des Polizisten im dunklen Raum, sich zu erkennen zu geben. Erst mit zwanzig sei sie außerdem erstmals zu der Feststellung gekommen, sie müsse sich zukünftig wohl damit zufriedengeben, dass sie, Winnie, sich immer als eine Vielzahl disparater, ja, widersprüchlicher und stets unvollständiger Varianten ihres Ichs empfinden werde, die auf keinen Fall und zuletzt von ihr selbst zu einem schlüssigen Ganzen zusammengefügt werden könnten, und dieser Gedanke habe sie ungemein erleichtert. Als ihr Geld nicht reichte, um eine Verlängerung des Visums zu beantragen, flog sie zurück. Die Maschine, die aus keinem ersichtlichen Grund halb leer war, das schrieb sie mir später in einem Brief, kreiste bei der Ankunft eine Stunde lang über dem John-F.-Kennedy-Flughafen, bevor sie die Landeerlaubnis erhielt und im dicht fallenden Schnee endlich aufsetzte.

Oft, sagte A. L. Erika, versuchte ich während meiner Zeit an der Küste, Briefe an meine Eltern zu schreiben, aber es gelang mir nie, die Dinge, die ich ihnen mitteilen wollte, in Worte zu fassen. Who's there?, wiederholte die Schriftstellerin am Tischende. Das Ehepaar Boll, rief der Student aus Glendale und zeigte zum leeren Fenster. Da lag ich, sagte der Logistiker, mitten in der Nacht mit weit offenen Augen in dieser Wohnung, die in der Welt stand, aber scheinbar abseitig, grenznah. Es ging mir alles fieberhaft im Kopf herum. Aus den Schloten der Fabrik zog der Rauch quer über die Stadt hinweg, unvermittelt drehte ab und zu der Wind, ein Kauz sang auf dem Dach. Ein Windrad auf dem Balkon gegenüber fuhr hilflos schnell um sich, das Restaurant längst geschlossen, kaum ein Auto passierte den Grenzübergang, da lag ich, die Augen weit aufgesperrt, es schien, als schliefe ich, als wären mir im Schlaf die Lider wie schwere Blumen aufgegangen und ich hätte es selbst nicht gemerkt, als sähe ich ein Gespenst in weiter Ferne gehen. Ich hörte die Stimme des Radiosprechers in der Küche, auch ihn schien nichts aus der Ruhe zu bringen, nein, nichts, der Kauz flog auf und davon, die Grenzwächter lösten sich ab, Sprecher: Die Rohstoffkonzerne Glencore und Xstrata wollen sich zusammenschließen, die Zahl der Häftlinge in der Schweiz ist leicht gesunken, die Großbank UBS hat in diesem Jahr 4,2 Milliarden Franken Gewinn gemacht, hier liege ich, aber schlafe nicht, nie, Sprecher: Xstrata betreibt Minen, und Glencore handelt mit Rohstoffen. Nach der Fusion wäre die Firma eines der größten Rohstoffunternehmen der Welt mit einem jährlichen Umsatz von 210 Milliarden Dollar und 125000 Angestellten. Sprecher: Es gibt viel Arbeit an der Schweizer Grenze, ein Problem sind die Schmuggler, Sprecher der Grenzwache Basel: Also es gibt alle Varianten, in der Tat gibt es einfach solche, die es nicht für nötig halten, die Waren zu deklarieren, es gibt die dreisten, die die Grenzwächter einfach anlügen, und dann, wenn wir sagen, machen Sie den Kofferraum auf, dann kommen viele Kilo Frischfleisch, Waren, die nicht angemeldet wurden, zum Vorschein, und dann wird natürlich ein Strafverfahren durchgeführt, Oberzolldirektor: Weil damit oft eine Gefährdung der Gesundheit verbunden ist, wenn beispielsweise Kühlketten nicht eingehalten werden, wenn aufgetautes Fleisch wieder eingefroren wird, später, dann ist die Gesundheit der Bevölkerung gefährdet. Ich stand auf und schaltete das Radio aus. Der Kauz kreiste nun lautlos über dem Parkplatz, der hinter dem Haus und eigentlich bereits in Frankreich, an der Rue de la Frontière, lag, das Tier verlor sich im Dunkel und schwang sich dann wieder in Sicht, ich sah sein Gesicht, das mich bei jedem Anflug scheinbar anschaute, ausdruckslos, und es war mir ganz unbegreiflich, wie dieser Vogel so mühelos fliegen konnte, mit seinem schweren Rumpf. Die Nacht war kalt und klar, das Tier holte aus, und auf dem Bildschirm stand eine Schlagzeile geschrieben, der Künstler Bas Jan Ader hing an einem Ast und fiel. Frage: Ausweiskontrollen beziehen sich auf Personen, Zollkontrollen auf Waren. Verwechseln das nicht viele Reisende? Antwort: In der Schweiz ist das schwierig auseinanderzuhalten, denn hier führen die gleichen Personen, Grenzwächter in der Regel, beides durch.

Frage, sagte der Vater Fortunats, der inzwischen den Saal an der Seite seiner Frau betreten hatte: Haben Sie den Oberzolldirektor einmal persönlich kennengelernt? Aber wieder, so sprach der Logistiker, klingelte das Telefon, und ich hob ab, ohne mich zu erinnern, um welche Stunde, um welchen Tag es sich handelte, ohne zu wissen, mit welchem Namen ich mich melden sollte. Autos fuhren auf den Parkplatz. Ich hörte die Stimme einer Frau in der Leitung und erkannte sie als diejenige Ritas. Hier spricht Rita, sagte sie auch in diesem Moment, sie rufe an mit der Mitteilung, dass der Abteilungsleiter dringend ein Attest sehen wolle.

24

Das Betriebsklima sei schlecht in diesen Tagen, es sei, und dabei lachte sie kurz auf, alles in Verzug geraten, nun seien heute auch noch zwei Zolldeklaranten ausgefallen. Sie selbst habe gestern den ganzen Tag nichts anderes getan als Avise entgegenzunehmen und Frachtpapiere zu prüfen, obwohl dies ja nicht in ihren Aufgabenbereich falle, ständig, sagte sie, riefen außerdem Spediteure an. Ich stand in der Küche und sah, wie sich der Parkplatz immer schneller füllte, ein kaltes Licht brach sich auf den Dächern der abgestellten Autos, auf dem Alpgebirge lag der ewige Schnee, alles blendete mich. Rita schwieg. Gestern, fuhr sie schließlich leise fort, habe sie dem Lehrling die wichtigsten Tastenkürzel wieder gezeigt, aber der Lehrling habe sich an nichts erinnert. Um ein Dokument auszudrucken, können Sie ein Tastenkürzel verwenden, habe sie gesagt. Falls Sie einmal das Telefon beantworten müssen, habe sie dem Lehrling außerdem erklärt, nennen Sie in diesem Fall erst den Namen des Unternehmens, nennen dann die Abteilung, Seefracht-Import, und zuletzt Ihren eigenen Namen, aber der Lehrling habe ihr nicht zugehört, sondern mit den Fingern auf dem Tisch getrommelt und aus dem Fenster geschaut, als ereignete sich am Hafen in diesem Moment etwas Ungeheuerliches. Sie überlege sich, bald eine Versetzung in die Luftfracht-Export-Abteilung zu beantragen, dies war ihr letzter Satz, bevor sie sich ohne besonderen Gruß verabschiedete.

Ich blickte um mich, und es fiel mir nichts Außergewöhnliches auf, alles war ruhig: als gingen keine Gespenster um in dieser Zeit. Ich schien immer rascher jede Erinnerung zu verlieren, die über den vergangenen Tag hinausreichte – kaum war da noch der Kauz im Flug –, nur im jeweiligen Augenblick sah ich alles haarscharf, wie jetzt, im Licht des kalten Morgens, mit meinen aufgesperrten Augen. Ich wählte die Nummer Ritas, die ich auswendig wusste, und als sie sich meldete, mit dem Namen des Unternehmens zuerst, dann die Abteilung und ihren Namen nannte, sagte ich doch kein Wort. Draußen ging die Sonne schnell und schneller auf, die Grenzgänger waren schon auf den Beinen, zwei Männer schoben ein Auto an den Straßenrand, der Nachrichtensprecher: Es herrschen maximal fünf Grad heute, ein Helikopter kreiste und verschwand, der Nachrichtensprecher: Schwarzafrikaner haben den Kokainverkauf längst in den Händen, ich strich mir über das Gesicht mit beiden Händen, der Schlaf saß mir im Nacken, der leitende Staatsanwalt: Tatsächlich stellen wir immer mehr Delinquenten aus Ländern fest, die wir früher in der Schweiz gar nicht beobachtet haben. Ich ging aus dem Raum. Ein Zug verließ das Land.

Ich stellte erstmals eine Veränderung fest, als ich nachts durch eine Großstadt fuhr, las der Student aus Glendale ab von einem Blatt, das vor ihm lag.

A. L. Erika erzählte der Übersetzerin: Ich hörte gestern die Stimme der Schriftstellerin hinter einer geschlossenen Tür und legte mein Ohr an das kühle Holz, aber da schwieg sie unvermittelt, und ich hörte sie nur noch ein, zwei Mal husten.

Ich stellte erstmals eine Veränderung fest, als ich nachts durch eine Großstadt fuhr, sagte der Logistiker, ich war zu jenem Zeitpunkt dreiundzwanzig Jahre alt, und bei der Stadt muss es sich um Berlin gehandelt haben. Ich sah die Lichter der Stadt, die magischen Lichter, aber sie bedeuteten mir nichts. Später dieselbe Erfahrung an anderer Stelle: Ich rechnete stets mit allem, nichts erstaunte mich, nicht der tote Passagier in der U-Bahn, der plötzlich in sich fiel zwischen zwei Haltestellen – der Kopf sank tief zwischen die Schultern, der Brustkorb, leer, faltete sich leise pfeifend zusammen –, auch nicht die unvermittelte Aussicht über die karge Wüste, die sich vor einem Busfenster entfaltete, erstaunte mich, still, den Rucksack eng an meine Brust gedrückt, saß ich da, nicht ein nackter Körper neben mir, der einer Frau gehörte oder einem Mann in einem Zimmer hoch über den engen neapolitanischen Straßen, nicht jene Momente, als ich in den Großstädten durch unauffällige Eingänge in versteckte Räume gelangte, in denen sich alles Mögliche ereignete: Nichts wunderte mich, alles nahm ich nur zur Kenntnis.

Sie verspürten keine Angst?, fragte Frau Boll. Antwort: Selten. Ich fürchtete mich nicht, weil ich ja wusste, dass die Zeit verging. Ich wartete alles ab, und alles ging vorbei, jeder Moment, alles war zufällig so oder hätte auch anders kommen können. Die Bäume trugen ihr Laub oder sie warfen es ab, ich saß an diesem Tisch oder an jenem und sagte ein Wort im Gespräch oder tat es nicht, der Bratschist hielt den Ton lange oder spielte ihn kurz, der Journalist stand an diesem oder jenem Tag auf oder er entschied sich dagegen, blieb liegen und schrieb kein Wort. Und die Gezeiten: Flut oder Ebbe, und ein Leck wurde versiegelt oder es blieb bestehen, die Kühlkette wurde eingehalten oder nicht, der Automobilist fuhr in einen Pfeiler und er lebte oder er starb, die Sonne wurde vom Mond verfinstert oder der Mond von der Erde, und die Lichter der Hochhäuser schienen oder sie gingen aus.

Der Ort, an den ich denke, sagte Fortunat, ist ein Fluss in Portugal, über ihn hinweg führen Brücken, an seinem Ufer steht ein gewaltiges Monument, darauf drängen sich Entdecker, Kartografen, Monarchen, den Blick in die unbekannte Ferne gerichtet: Cabral, Magellan, Cáo und so weiter.

Es vergingen weitere Tage, so fuhr der Logistiker fort, weder verließ ich die Wohnung, noch schlief ich, die Grenzgänger passierten die Grenze wie gewohnt, und der Journalist rief einige Male an, er habe diesmal nichts zu sagen, sagte er, er sitze nur an seinem Schreibtisch und denke darüber nach, was er hier eigentlich tue und ob ich diese Frage für mich beantwortet habe oder ob sie sich mir gar nicht stelle, und wie es meinen Eltern gehe, er sei kürzlich durch einen Wald in der Ostschweiz gewandert und habe plötzlich in nächster Nähe das Brummen eines Bienenschwarms gehört, den Ursprung des Geräuschs aber nicht mit Sicherheit feststellen können und sei schließlich langsam weitergegangen in der Hoffnung, die Bienen entdeckten ihn nicht. Er fürchte sich nicht vor diesen Tieren, aber er habe vor einiger Zeit die berühmten Bienensprüche wieder studiert, die ja, obwohl sie sich in ihren Versionen stets selbst widersprächen, trotzdem immer auf den Tod hinwiesen oder auf das unsichere Leben, und der Journalist zitierte: *Da sah ich eine Biene aus dem Mund meines schlafenden Freundes entwischen, sie flog davon, überquerte einige Bachschnellen und verschwand durch eine Öffnung in einer alten Ruine.* Natürlich, fügte der Journalist an, bevor er sich verabschiedete, glaube er nicht ernsthaft an solche Dinge, aber der Gedanke, dass einem im Fall des Todes der Atem in Form einer einfachen Biene aus dem Körper fahre, gefalle ihm gut. Ich öffnete den Mund, ich stand mir selbst gegenüber und betrachtete diese dunkle Höhle in meinem Gesicht, die leer war, nichts, kein Laut entwich ihr, und ich ging durch die Räume, ich bewegte leicht alle Vorhänge, fuhr durch die Luft mit meinen Händen, um mich zu versichern, dass nirgendwo eine Biene saß und bereits meinen Tod verkündete. Zu dieser Zeit war der Oberzolldirektor auf dem Weg nach Hause, die Schriftstellerin gab zu Protokoll, ihre Texte handelten von allem und von nichts, und der Lehrling sah zu, wie vor dem Fenster die Container umgeschlagen wurden.

Zu der Biene habe sie ebenfalls etwas zu sagen, sagte die Schriftstellerin.

A. L. Erika sprach erneut von ihrer Zeit an der Küste: Oft, sagte sie, versuchte ich, Briefe an meine Eltern zu schreiben, aber es gelang mir nie, die Dinge, die ich ihnen mitteilen wollte, in Worte zu fassen. Mutter, Vater, ich bin in der Stadt – so begann ich jeden Brief und fuhr dann fort mit der Schilderung eines Tages, der so oder so verlaufen war, oder mit der Beschreibung der Stadt am frühen Morgen und der Hitze, mit der Beschreibung des Lichts, das einem die Augen entzündete, sodass sie brannten, als hätte man alle Nächte nicht geschlafen oder angesichts eines irren Schauspiels die Lider kaum gesenkt, dabei unversehens direkt in die Sonne geblickt. Jedes Mal, wenn ich einen Brief so begann, drängte sich mir aber nach wenigen Zeilen das Gefühl auf, die tatsächlichen Ereignisse, die Aussichten, das Panorama ganz falsch darzustellen, und ich legte den Stift beiseite. Stattdessen ging ich zu Fuß durch die Stadt und ihre Vorstädte, oft folgte ich stundenlang einer einzigen Straße und sah dann, wenn ich den Stadtplan aufschlug, dass ich mich doch kaum von der Stelle bewegt hatte. Hin und wieder wechselte ich ein paar zufällige Worte mit jemandem, oder mein Blick streifte denjenigen einer anderen Person, aber je länger ich ging, desto öfter geriet ich in Gedanken an entlegene Orte und mein Gang wurde unsicher, oft wich ich anderen Fußgängern erst im letzten Moment aus oder streifte sie versehentlich leicht am Arm. Je länger ich ging, desto bedenklicher schien mir mein eigener Zustand, ich sah mich selbst, eine einzelne Frau, die ging, als entfernte sie sich immer weiter von dieser geläufigen Welt, obwohl sich in Wahrheit gar nichts verändert hatte, seit ich an diesem oder jenem Morgen das Haus verlassen hatte.

Darf ich vorstellen, meine Schwester Esther, sagte der Logistiker und wies auf die Frau in der Tür.

Ich begegnete der Schriftstellerin im April, sagte A. L. Erika mit einem Seitenblick, aber der Raum war nun leer bis auf Fortunat. Sie nahm, so fuhr sie fort, an einem Gespräch teil, das sich mit dem Akt des Fallens in der Literatur beschäftigte. Während die weiteren Teilnehmer, die alle als ausgewiesene Koryphäen auf ihrem jeweiligen Gebiet vorgestellt wurden, sich in ihren Wortmeldungen hauptsächlich auf das vorgegebene Thema bezogen, sprach die Schriftstellerin ohne ersichtlichen Zusammenhang mehrmals und mit lauter Stimme über die Grenze, ein lästiges Hemmnis, eine Hinderung, wie sie sagte, die sie studiert habe, und sie spreche von der tatsächlichen Grenze, wie man sie auch hier sehen könne, wenn man nur hundertvierzig Meilen südlich fahre bis zu der Stelle, wo der Zaun im pazifischen Ozean ende, *el fin de la línea fronteriza,* rief sie aus, und als der Moderator des Gesprächs, ein Doktorand der Universität, ihr endlich verlegen ins Wort fiel, sagte sie, sie bitte um Verzeihung, aber sie sei nun bereits fünfzig Jahre alt und müsse dringend sprechen, bevor sie ihr letzter Atem in Form einer Biene verlasse, die dann, immerhin, die erwähnte Grenzlinie unbeschwert überqueren könne. Später, als sich das Auditorium bereits geleert hatte, stand ich am Fenster mit einer Frau, die sich als Übersetzerin aus der Stadt Urbana vorgestellt hatte, und sah in diesem Moment die Schriftstellerin, die rasch und zielstrebig das Gebäude verließ und Richtung Westen ging, während in der Ferne ein Autoalarm pfiff.

Findet die Geschichte eine Fortsetzung?, fragte Fortunat, und A. L. Erika nickte, tatsächlich: in einem konsularischen Garten. Sie habe selbst lange nicht daran gedacht, fügte sie an, seit sie sich wieder auf diesem Kontinent befinde, erinnere sie sich an vieles nur noch undeutlich. Aber auf einer weiteren Fahrt durch die Stadt habe sich ein Mann in ihrem Alter, Mitte zwanzig, neben sie gesetzt, er habe ein blaues Hemd getragen, wie sie in Krankenhäusern üblich sind. Erst später, sagte sie, sah ich, dass er um sein rechtes Handgelenk zwei beschriftete Armbänder trug. Der Mann blickte sich unruhig um, er schwitzte, schließlich sprang er auf und rannte an den Passagieren vorbei zum Busfahrer, er zeigte in den Himmel vor der Windschutzscheibe und rief aufgeregt, ob denn niemand die Vögel sehe, da sei ein Vogel und dort sei noch einer, aber tatsächlich waren weit und breit keine Vögel zu sehen, und der Mann raste nun zurück durch den Bus und rief den Passagieren, die zu dieser Tageszeit in den Bussen meist dösten, nun aber alle wach dasaßen, Sätze zu, die mir keinerlei Sinn zu machen schienen. Der Bus scherte in diesem Moment aus dem dichten Verkehr aus und hielt an jener Kreuzung, wo ich seit meiner Ankunft in Los Angeles jeden Abend den Bus verließ. Unter der geöffneten Tür sprach mich der Mann an, Schweiß rann weit verzweigt über sein Gesicht, er sei eben aus dem Gefängnis entlassen worden, rief er mir atemlos zu, aber ich glaubte ihm kein Wort, keine Vögel waren weit und breit zu sehen.

Who's there?, rief der Logistiker, der mit weit von sich gestreckten Armen am geöffneten Fenster stand und die Gegend überblickte.

Sein Vater, erklärte Fortunat, sei tätig auf einem Amt, seine Mutter als Verkäuferin, also im Detailhandel, beschäftigt, das Verhältnis zu seinen Eltern habe sich im Laufe der Jahre stetig gebessert, wennschon es nie herzlich gewesen sei. Die Schriftstellerin zuckte mit den Achseln, mit den Eltern habe sie sich in ihrem ersten Buch und dann nie wieder beschäftigt. Sie habe keine Eltern, sagte A. L. Erika, aber niemand glaubte ihr ein Wort, und als die Schriftstellerin sich erhob und den Raum verließ, neigte A. L. Erika ihren Kopf in Fortunats Richtung und sagte leise und verschwörerisch, ihr sei übrigens eine Fortsetzung der Geschichte eingefallen: Tage später, sagte sie, betrat ich nämlich ein Museum an der Ecke Venice und Bagley, um mir Notizen zu den berühmten Bienensprüchen zu machen. Ich ging rasch durch die Abteilungen, die das Observatorium auf dem Mount Wilson, Mikromosaike und die Technik der Holografie behandelten, und kurz bevor ich die Tafel mit den Bienensprüchen erreichte, streifte mein Blick ein Exponat, das mir zuvor nicht aufgefallen war. Es zeigte einen Vogel, der in feinen, bläulichen Strichen, einer Radierung ähnlich, in einen durchsichtigen Würfel gestochen war und sich, auf mir unverständliche Weise, tatsächlich bewegte, die Flügel schlugen geräuschlos, während sich der Rumpf des Vogels leicht auf der Stelle hob und senkte. *Ein Kind, das zur Zeit der Migration der Vögel von der Brust genommen wurde, wird sein Leben lang ruhelos und unbeständig sein,* lautete die Legende, wobei ich mich später, als ich die Notizen durchsah, nicht mehr entscheiden konnte, ob es sich nicht eigentlich bei dieser einen Zeile um das Exponat und bei dem fliegenden Vogel um dessen Illustration gehandelt hatte. Zu einer ganz anderen Zeit, fuhr A. L. Erika fort – dies sei ihr auf dem Rückweg durch die bereits dunkle Stadt plötzlich wieder eingefallen –, habe sie einmal kurz nach einundzwanzig Uhr den Nachtzug von Zürich nach Wien bestiegen. Während sie sich heute an die weite Strecke durch die östliche Schweiz und ganz Österreich kaum erinnern könne, sehe sie noch genau vor sich, wie die Fahrt kurz nach Oerlikon in einen Tunnel führte, wo der Zug beim Flughafen langsam zum Stehen kam. Dort, auf dem verlassenen Bahnsteig im Untergrund vor der Stadt – kaum jemand sei ein- oder ausgestiegen zu dieser Zeit –, habe ein Mann mit nacktem Oberkörper gelegen und in einer ihr unbekannten Sprache so laut geschrien, dass durch die geschlossenen Wagenfenster jede Silbe deutlich zu hören gewesen sei. Daneben, sagte A. L. Erika, standen zwei Uniformierte, die dem Mann zuzureden schienen, offensichtlich aber bemüht waren, ihn, der lauter und lauter schrie und schließlich mit den Fäusten auf seinen eigenen Körper einschlug, nicht zu berühren. Es schien mir damals außer Frage zu stehen, dass es sich bei dem Mann um einen Flüchtling handelte, und ich erinnere mich deutlich, dass mich weder die unbekannte Sprache des Mannes zu diesem Schluss führte noch die Tatsache, dass dies der Flughafen war, sondern allein der Anblick des Körpers, der auf dem

Bahnsteig lag und sich in diesem Moment in einem verlassenen Raum zu befinden schien, der anderen, mir nicht bekannten Gesetzen und Regeln unterlag.

Ich dachte oft an die Schriftstellerin, sagte A. L. Erika, während ich durch Los Angeles ging und kaum ein Wort schrieb, weil die Dinge zu jener Zeit so augenfällig vor mir standen, dass sie weder eine Erklärung brauchten, noch in eine Ordnung gebracht werden mussten. Hier war der Pazifik, dort Osten, Süden, Wüste, Grenze, Stadt, durch die Berge strich der Wind, am Straßenrand in Echo Park blühte ein Trompetenbaum, frühmorgens schalteten sich mit leisem Klick die Sprenger ein, und das feine Wasser verdunkelte die staubigen Beete, ein Pelikan verschwand unter der unruhigen Oberfläche des Ozeans. Das Licht schien in diesen Wochen heller als zuvor, es trennte die Häuser und die Palmen, die hoch über ihnen ragten, haarscharf von ihrem Hintergrund, und manchmal schien es mir, als sähe ich die Schriftstellerin die Promenade entlanggehen. In einem einzigen Brief, den ich an Freunde schickte, versuchte ich, ihr Gesicht, wie ich es an jenem Tag an der Universität gesehen hatte, ihre Sprache zu beschreiben, aber kein Satz gelang mir, und ich erzählte stattdessen von einem Abend, den ich mit der Übersetzerin aus Urbana in einer Bar in Downtown verbracht hatte. Wir hatten an der Theke in dem kaum beleuchteten, niedrigen Raum gesessen, und nach einer Weile war ich zur Toilette gegangen, wo mich die Stimme einer Frau gebeten hatte, Toilettenpapier unter der Kabinenwand durchzureichen, *papel,* sagte sie nur. Im roten Licht hatten inzwischen einige Paare zu tanzen begonnen, schweigend drehten sich auf der Tanzfläche ihre Körper und berührten sich, und ich fragte mich, ob es dieselben Körper waren, von denen ich hörte, dass sie nachts durch dunkle

Flüsse schwämmen, dass sie sich durch die Wüsten schafften, auch jetzt, in diesem Moment, in dem wir da saßen, dass sie in ihren Taschen zweihundert Tabletten trügen, *caja con 200 tabletas,* gegen den schmerzenden Körper auf der endlosen Wanderung, *DOLOR,* dass sie sich stillschweigend in einen Transporter legten, um so die Grenze zu überqueren vom südlichen ins nördliche Amerika.

Der Ort, an den ich denke, ist ein Wald, sagte Vater Boll.

Ich ging weiter, sagte A. L. Erika, ich ging Tag für Tag, und hatte ich bei meiner Ankunft noch den Plan gehegt, eine große Reportage über die Stadt Los Angeles zu schreiben und eine weitere über die Grenze zu Mexiko, die nur wenige Stunden südlich lag, und diese an Redakteure in Europa zu senden, in der Hoffnung, sie würden mich auffordern, weitere Artikel zu schreiben, so waren auch nach Wochen all meine Schreibhefte leer oder höchstens mit wenigen, atemlosen Notizen vollgeschrieben, dir mir nach wenigen Tagen immer schon ganz unbrauchbar erschienen. Als ich die Schriftstellerin in Glendale bei einem Vortrag, der den Künstler Bas Jan Ader und sein Verschwinden auf hoher See betraf, wiedersah, überkam mich eine große Erleichterung, so als hätte ich alle Tage nur sie gesucht, diese Frau, die ich kaum kannte. An diesem Abend – sie meldete sich kein einziges Mal zu Wort, notierte sich nur ab und zu einige Sätze und blickte über ihre Schulter, als ein junger Mann in der hintersten Reihe sich erhob und hastig Walt Whitman zitierte, *I wander all night in my vision, stepping with light feet, swiftly and noiselessly stepping and stopping, bending with open eyes over the shut eyes of sleepers,* und nervös anfügte, es gebe in seinen Augen einen deutlichen Zusammenhang zwischen diesen Zeilen und jener Arbeit Aders, die seine nächtlichen Wanderungen durch Los Angeles zeige – studierte ich immerfort den Hals der Schriftstellerin, ihre Schultern, diesen Körper, der vor mir saß, und ich studierte ihn weiterhin in der Nacht, als ich noch wach und unruhig am geöffneten Fenster lag.

Sie haben erwähnt, richtete sich Fortunat an den Logistiker, dass sich die Arbeit des Künstlers Bas Jan Ader mit dem Fallen beschäftigte?

Geht einer durch den Wald in hohem Tempo, ich bin es nicht, sagte Herr Boll, geht durch den Wald, Äste ragen ihm allseits entgegen, kein Weg ist überhaupt vorhanden, der Wald ist europäisch, der Grund ist unsicher, steht zuweilen unter Wasser, der Mann läuft durch den Wald, der auch kein Ende nimmt, keine Tiere zeigen sich, die Wipfel rauschen über ihm, jede Wurzel fällt ihm ins Auge, der Mann läuft immer schneller, sinkt ein mit seinen Turnschuhen, kleine Äste streichen über sein Gesicht, Farne um die Knöchel, in diesem Wald riecht es nach Lehm und feuchter Erde, kein Mensch ist da zu sehen.

Zitat: *Der Mensch ist selbst ein krummes Holz,* rief der Student.

A. L. Erika erzählte, sie habe in der Folge einen Mann aus dem mexikanischen Grenzgebiet, aus Mexicali, kennengelernt, dieser Mann, Christopher, habe als Kassierer in einem Supermarkt gearbeitet, oft sei sie ihm abends auf dem Weg nach Hause begegnet, und sie seien dann eine Weile nebeneinanderher gegangen, hätten beiläufige Gespräche geführt, und selten habe jemand eine Frage gestellt, die persönliche Dinge betraf. Mexicali, sagte A. L. Erika, liegt direkt an der Grenze, ich hatte von der Stadt gehört, deren Name *Mexico* und *California* verbindet, und sie fiel mir manchmal ein, wenn ich neben Christopher ging, wenn er so neben mir ging mit leichtem Schritt, und obwohl ich zu Beginn oft daran dachte, dass ich ihn nun zur Grenze und deren Überquerung befragen müsste, um meine Reportage zu schreiben, sagte ich nie ein Wort. Stattdessen gingen wir stets dieselbe kurze Strecke auf dem hellen Asphalt, er sagte, er wolle später weit reisen oder er freue sich auf den Abend, denn er sei müde, und ich sagte, es sei jetzt heißer als zuvor oder ich hätte an diesem Tag Carnitas gegessen, und er lachte freundlich, ah ja, Carnitas. Es war dieses eine Wort, Carnitas, das mich dann nervös machte, kaum hatte ich es ausgesprochen, ebenso die Vorstellung, ihm, Christopher, im Supermarkt wiederzubegegnen. Oft wartete ich am Ende der längsten Schlange, um meine Einkäufe nicht an jener Kasse bezahlen zu müssen, die er bediente. Ich versicherte mir selbst, dass es nun, da ich mit ihm so oft über den Parkplatz schlenderte, während die Sonne hinter den nördlichen Ausläufern der Küste niederging und vor unsern Augen der Pazifik auf die Küste stieß, für ihn wie für mich angenehmer sei, wenn wir uns nicht mehr an der Kasse begegneten, aber insgeheim wusste ich, dass alles komplizierter war, ich wusste, dass ich an seinen Körper gedacht hatte, wie er sich in einer hilflosen Situation befand, ich hatte mir seinen Körper vorgestellt, wie er sich bei Mexicali über die Grenze bewegte, klandestin und gefährdet, als Schatten, als Schemen auf dem Wärmebildgerät, ich hatte mir mit meiner Vermutung seinen Körper unterworfen, als ich abends in meinem ruhigen Zimmer saß, ohne, dass er es ahnte, hatte ich ihn gewaltsam in diesen Zusammenhang gestellt, den ich selbst nicht aus erster Hand kannte, es hatte mich gereizt, auf diese Weise über seinen Körper zu verfügen, genau so hatte ich ihm das Wort Carnitas auch zugeworfen, und wenn ich ihn nun sah, Christopher, an der Kasse, das Schild mit seinem Namen an die Brust geheftet, wie er mich freundlich begrüßte, fiel mir dies alles wieder ein.

Der Logistiker sagte, ein Film des Künstlers Bas Jan Ader trage den Titel *Nightfall*, er behandle also den Fall der Nacht, ihren Einbruch. Darin seien zwei Glühbirnen zu sehen, die am Boden liegen, dazwischen der Künstler, der einen Stein in die Luft stemme, dieser, der Stein, falle schließlich auf eine der Lichtquellen, die natürlich auf der Stelle zerberste, während die andere weiterhin brenne.

Es habe wahrscheinlich nichts zu bedeuten, sagte Fortunat Boll, als er an diesem Abend den Raum betrat, aber er sei aufmerksam geworden auf eine Zeitungsnotiz, ein neunundzwanzigjähriger Logistiker habe sich im Dezember des letzten Jahres schwere Verletzungen zugezogen, nachdem er morgens auf das Dach eines Hauses in Grenznähe gestiegen und Stunden später, lange nach Anbruch der Nacht, von demselben gestürzt sei. Man habe ihn sogleich von der Stelle getragen. Es werde ein Augenzeuge zitiert: Er sehe den Fall des Körpers wieder und wieder vor seinem inneren Auge, mit dem Gesicht nach oben gewandt und leicht gekrümmtem Rücken sei der Mann völlig geräuschlos gefallen, die Arme in die klare Frostnacht gestreckt, als hätte er zuletzt noch versucht, sich festzuhalten.

Ich wohnte einmal an einer viel befahrenen Straße in Urbana, Illinois erzählte Winnie, und arbeitete an der Übersetzung eines Aufsatzes, den die Schriftstellerin in einer literarischen Zeitschrift veröffentlicht hatte, der Text befasste sich mit dem im Fallen begriffenen Körper, mit der Verwandtschaft des Fallens mit dem Sterben. An einer Stelle verwendete die Schriftstellerin ein Zitat, an dessen Übersetzung ich fast verzweifelte, es handelte vom Zufall der Geburt. Damals arbeitete ich Tag und Nacht, es schien mir ganz einfach höchste Zeit zu sein.

Ich, sagte Fortunat, lag in der vergangenen Nacht selbst lange wach und las in Bebi Susos Roman, auf vielen Seiten beschreibt sie die Fahrt auf einem Schiff zwischen zwei Kontinenten, *vor den runden Fenstern,* schreibt sie, *entwickelte sich fortlaufend das Licht, während wir Stunde um Stunde verloren,* als ich endlich einschlief, setzte sich Susos Erzählung im Schlaf auf furchtbare Weise fort. Fortunats Vater sagte, er selbst habe lange Jahre die Tuba gespielt. Esthers Ehemann, John, der an diesem Morgen aufgetaucht war, sagte, er habe die ganze Nacht in einem Buch mit dem Titel *Die Verbesserung der Stimmung* gelesen, guter Titel, sagte die Schriftstellerin und nickte dem Bratschisten vom Ende des Tischs her anerkennend zu. A. L. Erika sagte, sie habe ebenfalls kaum geschlafen: Sie habe wach gelegen und über die Fortsetzung der Geschichte nachgedacht, erst in den frühen Morgenstunden sei sie zu einem Ergebnis gekommen, ihr sei nämlich ein Brief in die Hände gefallen, den sie damals an der Küste erhalten habe. Die Übersetzerin, sagte sie, schrieb darin, sie übersetze gerade einen Aufsatz, den die Schriftstellerin kürzlich in einem literarischen Journal veröffentlicht habe. Der Text befasse sich mit dem Künstler Bas Jan Ader, der im Jahr 1975 mit einem Segelboot von der amerikanischen Ostküste Richtung Europa aufgebrochen, dort aber nie angekommen sei. An einer Stelle zitiere die Schriftstellerin Blaise Pascal, *je m'effraye et m'étonne de me voir ici plutôt que là, pourquoi à présent plutôt que lors,* und sie selbst, die Übersetzerin, versuche seit Tagen, diese einzige Zeile zu übersetzen, für die ihr die präzisen Worte fehlten, obwohl sie ja auf den ersten Blick nicht mehr beschreibe als die beunruhigende und gleichzeitig wundersame Frage, weshalb man sich hier und in diesem Augenblick befinde statt andernorts und zu anderer Zeit, sie übersetze Tag und Nacht zurzeit.

Wenige Tage nachdem mich dieser Brief erreicht hatte, so fuhr A. L. Erika fort, ging ich abends durch den Garten des Konsuls, Lichter flackerten in den Bäumen, es wehte ein kühler Wind, der aus der Wüste kam oder zumindest in einer Verbindung mit ihr stand. Kellnerinnen und Hausangestellte bewegten sich rasch über den dunklen Rasen, schoben Wagen mit Geschirr vor sich her und reichten kalifornischen Wein, vom Balkon klang leise Musik. Er weigere sich, hatte der Vizekonsul Stunden früher lachend gerufen, mit seinen Gärtnern und Bediensteten Spanisch zu sprechen, ganz im Gegenteil, sagte er und schwenkte sein Glas in der Luft, als würde er der Festgesellschaft zutrinken, erweise er ihnen doch einen Dienst, wenn er sie ausschließlich in der Landessprache anspreche. Ich hatte selbst niemals einen konsularischen Garten betreten, und während der Student, der in Glendale von Walt Whitman gesprochen und den ich an diesem Abend begleitet hatte, bald in ein Gespräch vertieft war, entfernte ich mich langsam, bis alle Geräusche fast verstummt waren und das Haus des Konsuls hell und einsam wie ein havariertes Schiff über mir am Hügel hing.

Dass die Schriftstellerin dann aus dem Dunkel auftauchte, überraschte mich nicht, und auch sie schien nicht erstaunt. Der Zaun umgebe das Grundstück vollständig, sagte sie nur, und in einer weit entfernten Ecke, wo der Garten wild wuchere, sei sie auf einen der Gärtner des Konsuls gestoßen, er sitze mit geschlossenen Augen auf einem Klappstuhl und ruhe sich aus. Ich stellte mir vor, wie ich einen weiteren Brief beginne, Mutter, Vater, ich bin in der Stadt – so würde ich schreiben, und dann legte ich den Stift beiseite, weil mir die präzisen Worte fehlten für die Schultern der Schriftstellerin, die ich studiert hatte, für die Bewegung der Hand des Vizekonsuls, trunken, und für den Wind, der aus der Wüste kam oder zumindest aus ihrer Richtung.

A. L. Erika stand auf, und ihr Blick fiel auf die Schriftstellerin, die nach wie vor am Kopfende saß. Ich erinnere mich durchaus an den Gärtner, sagte diese und sah ihr unbeirrt entgegen.

A. L. Erika sei aus dem Raum gestürmt, erinnerte sich Winnie später an diesen Augenblick, wie eine Irre, aber sie habe selbst vor langer Zeit schon bemerkt, dass die junge Frau über alle Maßen an der Schriftstellerin interessiert sei.

Der Ort, an den ich denke, so Herr Boll, ist ein Wald, darin riecht es nach Lehm und feuchter Erde, kein Mensch ist zu sehen, der Wind zwingt die Wipfel zur unruhigen Bewegung, kein Weg ist im Grund vorhanden, der Wald breitet sich in jede Richtung weiterhin aus, und der Mann hat keinen Plan für diesen Fall, und jeder Baum, den er hinter sich lässt, pflanzt sich vor ihm scheinbar wieder auf, es vermindert sich schließlich auch noch das Licht, es wird rasch weniger, die Dämmerung bricht ein von jeder Seite, und der Mann, nicht ich, streckt die Arme von sich, um die Bäume noch zu ertasten, die nach wie vor einen europäischen Eindruck machen, er folgt dem Lauf eines kleinen Gewässers nach dem Gehör, ein Zweig gerät ihm in die Haare, es scheint ihm außer dem eigenen Atem kaum noch Geräusche zu geben, das Geräusch seiner Turnschuhe, das Geräusch der schon genannten Wipfel, es ist nun Nacht geworden, aber der Mann ist unterwegs.

Oft war ich bedrückt, sagte Fortunat, aber ganz ohne ersichtlichen Grund. Wenn Sie mich fragen: Natürlich weiß ich, dass meine Umstände glücklich waren. Als Kind schlummerte ich, so scheint es mir heute, durch ewig lange Sommer, ganz ruhig und friedlich, im Haus meiner Eltern war es auch bei größter Hitze angenehm kühl, und auch wenn mir möglicherweise Gewalt widerfuhr, war ich doch im Wesentlichen als Mensch nie gefährdet.

Ich erinnere mich, sagte der Logistiker, an einen Anruf des Journalisten, der berichtete, es sei in seinen Augen rätselhaft, dass ich nach wie vor so seelenruhig zu Hause sitze, obwohl in meiner direkten Umgebung doch einige täglich alles riskierten, den Fall, den Sturz, die, wenn sie nur jene Linie, die Landesgrenze, die bei meinem Haus verläuft, auf dem falschen Weg überschritten, zu verschwinden drohten und sich wiederfänden in abgelegenen Bezirken, Enklaven. Er selbst habe an diesem Tag vergeblich versucht, ein sogenanntes Empfangszentrum zu betreten, auch wenn diese Zentren und Zellen, die sensiblen Zonen, einfach zu finden seien und er sich ohne Weiteres dorthin begeben könne, zu Fuß oder mit dem Auto, erklärte er am Apparat, sei es ihm gleichzeitig unmöglich, diese Orte jemals tatsächlich zu betreten, denn sobald er sich darin befinde, verlören ihre Regeln in Bezug auf seine Person alle Gültigkeit. Um ohne Umschweife auf den Punkt zu kommen, rief der Journalist schließlich, und dieser Punkt, so bemerkte er, finde sich übrigens auch in der Abhandlung eines bekannten Soziologen bestätigt: Die Grenze unterscheide in seinen Augen zwei Kategorien von Personen, die sie unterschiedlichen Räumen zuweise, darin würden unterschiedliche Sprachen gesprochen, dort herrsche ein anderes Regime, wie man so sage, als hier, das geschehe vor aller Augen, aber wenn einer, so beendete der Journalist seine Rede, den jeweils anderen Raum betrete, so löse sich dieser vor den Augen des Eintretenden auf der Stelle auf.

Sind Sie bei Ihrer Arbeit in der Import-Abteilung mit diesem Thema in Berührung gekommen?, fragte Herr Boll. Meine Arbeit, antwortete der Logistiker, befasste sich ausschließlich mit dem Handelswarenverkehr.

Der Ort, an den ich denke, sagte A. L. Erika, ist nicht über eine Straße zu erreichen, man gelangt nur zu Fuß oder auf Pferden dorthin.

Der Ort, an den ich denke, sagte der Logistiker, ist ein Schwimmbad in einem mittelländischen Städtchen, das große Becken ist blau gekachelt, das Wasser fast unberührt, noch kühl, aber direkt von der Sonne beleuchtet, sein leises Plätschern ist ganz friedlich, der Sommer hat jetzt begonnen oder geht schon dem Ende zu.

Der Ort, an den ich denke, ist wie gesagt ein Wald, sagte Herr Boll.

Ich habe zu Ihrem Thema, Fortunat, ein interessantes Zitat gefunden, bemerkte der Student aus Glendale, Los Angeles beim Frühstück und breitete ein Stück Papier neben seinem Teller aus. In der Übersetzung, sagte er, Zitat: *Ich erinnere mich nur an wenige, unbedeutende Begebenheiten unseres ersten Winters in Dallas, an den Flug eines Roten Kardinals über den Fluss am Fuß der Elm Street und an ein totes Kalb, von dem ich glaubte, es ruhe sich nur aus.* Gutes Zitat, rief die Schriftstellerin aus. Dallas Morning News, September 1926, fügte der Student an. Aber sagen Sie, Fortunat, sagte die Schriftstellerin, erzählen Sie mehr. Eine solche Vorstellung meiner Person, antwortete dieser, ist ungewohnt und macht mich verlegen, ich sehe mich selbst gern im Hintergrund, mein Name ist Fortunat Boll, mein Vater ist tätig auf einem Amt, meine Mutter als Verkäuferin, also im Detailhandel, beschäftigt, das Verhältnis zu meinen Eltern hat sich im Lauf der Jahre stetig gebessert, wennschon es nie herzlich wurde und auch heute nicht ist, ich habe keine Geschwister, das tut mir ein wenig leid, ich habe dieses spezielle Verhältnis unter Kindern so nie kennengelernt, ich habe Unterricht auf dem Klavier erhalten, als Schüler große Teile der Schweiz bereist, den Alpstein habe ich auf Tageswanderungen kennengelernt, die oft erst am späten Abend endeten, auch die Innerschweiz und Kärnten, mein Vater spielte die Tuba, dabei hat er sich alles selbst beigebracht, mir gefiel stets die Tuba, auch die Klarinette, die so seltsam röhrte, der Klang der Tuba entstammt einer grundsätzlichen Stelle im Körper, die Natur war mir nah als Kind, stand doch das Haus meiner Eltern am Wald, dazwischen nur eine Weide, selbst stehe ich nicht gern im Mittelpunkt, heute halte ich mich nicht oft in den Wäldern auf, wenn ich die alten Pfade betrete, erinnere ich mich an alles, mein Herz hängt aber nicht daran.

Wird man älter, verliert man eine gewisse Empfindlichkeit, Empfindsamkeit, die einen früher umgetrieben hat, ich denke nicht oft an meine Zeit als Schüler, natürlich habe ich aber gewisse Eindrücke mitgenommen, ich war sehr empfänglich für die feinen Stimmungen zwischen den Menschen, ich erinnere mich nicht daran, jemals sorglos gewesen zu sein, auch nicht in meiner frühsten Kindheit, aber mit Sicherheit kann ich auch dies nicht sagen, um ehrlich zu sein, spreche ich selten über diese Dinge. Manchmal überfällt mich ein Gefühl äußerster Verzweiflung, und ich glaube mich in so einem Moment an ebendiese Zeit meiner frühen Jugend erinnert, alles war damals unsicher und nervös.

Das Tubaspiel ist mühsam, es braucht viel Kraft und Geduld, ich selbst habe mich nie an der Tuba versucht, ich bin meiner Mutter ähnlich, hat der Vater jemals geweint? In der Tat.

Als die Bienen starben, reihte er sie in der Küche auf, Leib um Leib auf einem Totenbrett, mein Vater war tätig auf einem Amt, er stand selbst nicht gern im Mittelpunkt, abends übte er das Tubaspiel oder er sah nach den Bienen, heute sind die Bienen lange tot. Die Organisation ihrer Gesellschaft interessierte meinen Vater, er verfügte über ein großes zoologisches und botanisches Wissen, obwohl er sich beruflich auf einem ganz anderen Gebiet bewegte, es gibt angeblich eine verwandtschaftliche Beziehung zwischen meiner Familie und dem berühmten Botaniker Boll, das hat meinen Vater immer sehr beeindruckt, dieser Jakob Boll, so sagte er oft.

Heute lebe ich allein, mehrmals habe ich einige Monate in Amerika verbracht, aber ich bin immer wieder zurückgekehrt, ich wollte dieses Land gern sehen, Amerika, mein Vater hatte oft davon gesprochen im Zusammenhang mit Jakob Boll und seinem

Bruder, Henry, und ich habe mich gern dort aufgehalten, mein Vater hat selbst die Reise nie gemacht, sowieso war er selten unterwegs, er hat sich aber immer aufs Genauste erkundigt, wie meine Reise verlaufen sei und welche der Städte und Staaten, die ihm aus Magazinen bekannt waren, ich gesehen hätte, ich brachte ihm jedes Mal ein Geschenk mit, einmal ein kleines Buch mit sogenannten Bienensprüchen aus einem Museum in Los Angeles, einmal einen Klumpen erkalteter Lava aus einem Vulkan in Arizona. Mit einer so unsicheren Landschaft wie der vulkanischen war ich nicht vertraut, bis ich die Schweiz verließ, hier scheint alles fest zu stehen, die Lava im festen Zustand ist porös und überraschend leicht.

Mit zwanzig Jahren hatte ich die Möglichkeit, nach Portugal zu fahren, ich übernachtete im Hotel Florida an der Praça Marquês de Pombal in Lissabon, das Land schien mir fast außerhalb Europas zu liegen oder auf Europas schmalem Rand, danach habe ich einige Dinge besser verstanden oder anders gesehen, zum ersten Mal habe ich in Porto Bacalhau gegessen, Stockfisch, dazu wurde mir grüner Wein empfohlen, die portugiesischen Städte schienen mir zuweilen näher bei Rio de Janeiro oder Luanda als dem mir bekannten Europa zu liegen, daran habe ich später immer wieder gedacht, oft ging ich frühmorgens vom Hotel Florida zum Ufer des Tejo oder vorbei an den Gewächshäusern im Park, der sich nördlich an die Avenida da Liberdade anschloss, in Porto fuhr ich mit dem Bus zum Meer, aus der Schulzeit waren mir die Namen einiger berühmter portugiesischer Seefahrer noch geläufig.

Umso mehr als die Schweiz ein Binnenland und scheinbar zentral gelegen ist, begeht man oft den Irrtum, dieses Land nicht nur als einen persönlichen, sondern auch als einen faktischen

Mittelpunkt zu betrachten, in Portugal war mir stets deutlich vor Augen, dass ich mich an einem äußersten Rand befinde, auch in Wien oder in Kalifornien habe ich eine ganz andere Orientierung empfunden als in der Schweiz, die vordergründig ja in sich schlüssig ist.

Ein Reisender muss nur wenige, einfache Aufgaben erfüllen, es ist leicht, dem Protokoll zu folgen, solange man ein Billett und einen gültigen Reisepass mit sich trägt, am Flughafen oder in den Zügen ist es möglich, fast vollständig zu verschwinden, die Situation der Vorläufigkeit auf Reisen erleichtert mich.

Meine Kenntnis der Reise Jakob Bolls ist lückenhaft, ich weiß, dass er sich in La Réunion aufgehalten hat, einer Siedlung, die von europäischen Auswanderern auf dem Gebiet der heutigen Stadt Dallas im Geiste frühsozialistischer Ideen gegründet wurde, heute erinnert ein Turm an die Kolonie, mit einem Fahrstuhl gelangt man an seine Spitze, dort befindet sich in einer geodätischen Kugel ein Restaurant, das um seine eigene Achse rotiert. In Dallas habe ich eine einzige Erwähnung Bolls in einem Museum gefunden, es hielt sich außer mir kaum jemand in dem Gebäude an der Dealey Plaza auf, schon im Februar war es dafür zu warm in Texas, sowieso schien mir die ganze Stadt außergewöhnlich leer, was nach Einbruch der Dunkelheit in dieser Stadt geschah, konnte ich mir nicht vorstellen, in nächster Nähe des Museums, an der Elm Street, befand sich das Backsteingebäude, aus dessen Fenster auf John F. Kennedy geschossen worden war, nicht weit ebenfalls der scheinbar verlassene Bahnhof der Stadt, dahinter der Turm *Reunion*. Um zum Fahrstuhl zu gelangen, der zur Turmspitze führte, musste ich einen weitläufigen Hotelkomplex durchqueren, ich war nervös, als hielte ich mich unerlaubterweise dort auf, im Fahrstuhl schüttelte ein Politiker aus Texarkana einem Dutzend Tagungsteilnehmern die Hände, später erfuhr ich, dass dieser zweimal für das Amt des Präsidenten der Vereinigten Staaten kandidiert hatte, nur wenige Minuten hielt ich mich in der Kugel auf, die Bewegung des Bodens nahm ich kaum wahr, allerdings sah ich den Untergang der Sonne in diesem Moment. Als ich aufgefordert wurde, mich an einen Tisch zu setzen, stieg ich wieder in den Fahrstuhl, von Weitem sah ich noch das rote fliegende Pferd über den Dächern der texanischen Stadt.

Ich habe einige Aufsätze aus der Zeit der Brüder Boll gelesen, die die Auswanderung als Mittel zur Verminderung der Armut in der Schweiz behandelten, auch Victor Considerants *Au Texas* habe ich in Teilen gelesen, der französische Sozialist und Schüler Fouriers beschreibt darin die Landschaft an der Stelle, wo La Réunion entstehen sollte, Jakob Boll verfasste selbst ein Buch über Phanerogamen- und Kryptogamen-Flora, jene Pflanzen, die Blüten tragen, und jene, die sich auf andere Weise fortpflanzen, ich habe dieses Buch in der Nationalbibliothek gefunden, die Naturwissenschaften haben mich nie besonders interessiert, höchstens die naturwissenschaftliche Sprache, lieber hörte ich Musik, ich finde auch kaum die Ruhe, länger in einem Buch zu lesen, ich bin sehr unruhig geworden.

Heute lebe ich allein, fühle ich mich einsam? Kaum. Mit der Zeit habe ich eine gewisse Verwundbarkeit verloren, ich habe heute selten starke Empfindungen, hingegen in meiner Jugend hat alles schwer gewogen, ich war getrieben von Gefühlen, dieser Ton der Tuba ist endlich und verschwindet in der Luft, er bedeutet zwei Dinge, die sich gegenseitig bedingen, der Ort meiner Kindheit und die Entfernung davon, solche Antagonismen sind schön, weil sie einfach sind, nun sehe ich die Welt als kompliziertes Gebäude, alles Mögliche ist gleichzeitig vorhanden darin.

Mein Vater sprach nicht viel, er hielt sich gern im Hintergrund auf, ich kannte seine eigentlichen Wünsche nicht, aber die Bienen lagen ihm am Herzen, als sie starben, erst nur wenige, dann alle, Hunderte, und überall tot ihre Bienenkörper lagen, musste er sie eigenhändig wegschaffen, er schwieg dabei, als ginge er einer Gartenarbeit nach, er hatte nie viel Aufhebens um seine Person gemacht, aber überall lagen die Bienen, es ließ sich nicht verhindern, dass er auf einige von ihnen trat, es hat ihn sehr getroffen, er zerlegte die Stöcke in einzelne Teile, er ließ alles bis aufs Letzte verschwinden, als wäre nichts gewesen.

Im Orchester wird der Tuba wenig Aufmerksamkeit geschenkt, sie spielt so langsam und schwer, mir gefällt diese Bedächtigkeit, wer mit den Bienen Umgang hat, braucht eine ruhige Hand, mit dem Tubaspiel kündigte sich mein Vater den Tieren an, er führte das Volk der Geflügelten in Kreisen um seinen Körper und durch die Luft, sie folgten seinen ausgestreckten Armen mit wahnsinnigem Geräusch, am Waldrand sah ich sie kommen und gehen.

Mein Vater ist einmal kurz vor Weihnachten nach der Arbeit in die Stadt gefahren und hat dort in einer Buchhandlung ein Buch für meine Mutter gesucht, obwohl er selbst wenig las, er las immer nur die Anfänge der Bücher, zu mir sagte er zufrieden, er habe sich von einer Buchhändlerin diesmal gut beraten lassen, er habe ein gutes Geschenk gefunden, als dann meine Mutter das Buch auspackte, sagte sie nur, sie kenne es bereits und sei nicht sicher, ob es ihr gefallen habe, sie legte es auf den Beistelltisch, mein Vater räusperte sich nur leise, vor allem wünschte er sich da wohl, er hätte mir nicht so aufgeregt und freudig von seinem Einkauf berichtet, zwei Dinge, die ich schwer aushalte, wenn jemand mit besten Absichten handelt und dann zurückgewiesen wird, zweitens jede Demonstration von Autorität.

Seit Langem, so nahm der Logistiker beim Frühstück den Faden wieder auf, hatte ich mich in Basel nicht gerührt, kein Auge zugemacht, Hallo, sprach jemand leise am Telefon, die Lichtverhältnisse änderten sich ständig, dazwischen schlug Regen, schlug Hagel nieder, ein Auto rollte an den Straßenrand. Ich wusste kaum noch, wie dies alles gekommen war, wie es nun so gekommen war, dass ich hier saß, keine Bewegung, und nicht mehr schlief seit langer Zeit. Ich war nicht allein, nein, ich sah Männer und Frauen neben mir, sie saßen auf Stühlen, ihre Gesichter in einem Moment vom Fernseher beschienen, der lief seit wann, dann wieder zeichnete sich der wechselnde Sonnenstand auf meinem und auf ihren Körpern ab, im Fernsehen wurden die Städte Djerba, Kairo und Tunis vorgestellt, ein weißes Mittagslicht sprang über auf die Gesichter in der Elsässerstraße, und ich schloss die Augen nur für einen äußerst kurzen Moment vor Schmerz, später das Finsteraarhorn, der Blick vom Hahnensee auf Silvaplaner- und Silsersee, später ein Wald und eine Wiese, später cin Schweizer Reporter, der ein Sträßchen entlanggeht, auf ein Tobel zu, Reporter: Hier laufen die Asylanten jeweils hin und her? Bürger: Richtig, das ist eins von diesen beiden Sträßchen, also Gemeindestraßen, wo sich alles kanalisiert. Der Reporter wirft einen Blick über seine Schulter, Bürger: Das einzige Traktandum, das wir eigentlich haben, ist die Frage: Brauchen wir eine Bürgerwehr, oder sind die verantwortlichen Personen und Stellen in der Lage, fähig und willens, geordnete Verhältnisse zu schaffen? Mit Gewalt sah ich weiterhin zu, die Zollfachfrau verließ ihren Schreibtisch, der Journalist sprach am Telefon, ohne zu wissen, ob ich ihn hören konnte, die Justizministerin habe an diesem Tag grundlegende Dinge so formuliert, als wären sie überraschend neu und keineswegs selbstverständlich, Frau Justizministerin: Wir müssen aber gleichzeitig sagen, wir leben in einem Rechtsstaat. Wer zum Beispiel weggesperrt wird, muss eine Verurteilung haben, das kann man nicht einfach so entscheiden. Ich rührte mich nicht, niemand rührte sich, in Djerba ritten drei Menschen in weißen Kleidern am Meer entlang.

Ich stand auf und ging, leise schloss ich die Tür hinter mir, ich verließ das Haus, es war Nacht, es war Tag geworden, hier die Sonne, dort, Dunkelheit umfing mich, kein Mensch befand sich auf der Straße. Ich sah meine Hände, aber ich erkannte sie nicht als meine eigenen, wie alle Dinge waren sie da ohne Unterschied. Es fiel mir ein, ich könnte meine Schwester sprechen, ich könnte den Journalisten in seinem Büro aufsuchen, ich könnte mir in einer Apotheke geeignete Mittel besorgen, damit ich in Zukunft wieder schliefe, aber ich befürchtete, mich in der Stadt zu verlieren, ich sah mich durch die Straßen gehen, eng an den Häusern, während mir die Stadt unverständlich entgegenstand, während die Zeit nach wie vor raste und die Vögel wanderten, während die Schlafgänger kamen und gingen, und schon ging ich doch selbst durch die Straßen, ich hielt mich eng an den Häusern und hielt meinen Kopf gesenkt, ich sah noch Djerba vor mir, sah einen Kartenspieler, der schlief, sah einen Künstler, der hing an einem Ast und fiel dann. Je weiter ich ging, desto merkwürdiger wurde mir die Stadt, es schien mir, als wäre sie von mir weggerückt und nur noch scheinbar vorhanden. In einem Hauseingang saß ein Akkordeonspieler, es war aber kein Ton zu hören. Ich sah aus den Augenwinkeln die Bewegung meiner eigenen Schultern, sah meine Hände, sie waren außergewöhnlich bleich, aber das schien nichts zu bedeuten, ich sah meine Knie, sah überhaupt meinen Körper, ich stieg schließlich in einen Zug und fuhr der Ostschweiz entgegen.

Hier kommt die Schwester, Esther, ins Spiel, fügte der Logistiker an und richtete sich plötzlich merklich auf. Es muss ihr etwas aufgefallen sein, als ich sie in St. Gallen besuchte. Ich stand am geöffneten Küchenfenster, als sie plötzlich verlegen und schweigend den Raum betrat. Es war sehr still in jener Nacht im östlichen Teil der Schweiz, und ich erinnerte mich plötzlich weder an die geografische Lage der Wohnung noch an meinen Weg dahin, ich hatte den Eindruck, das Haus befände sich an einem unbekannten Rand der Stadt, ich sah den ewigen Schnee im Gebirge liegen, ein Prozessionszug bewegte sich träge durch die Straßen, drei Weiher lagen still, ja, schwarz auf dem Hügel über der Stadt, die Möwen hatten ihre Augen zum Schlaf geschlossen, im Schweizer Fernsehen sprach ein Philosoph: Ich meine, die Frage, die wir uns stellen sollten, ist einfach: Sollten Staaten das Recht haben, die Zuwanderung auf ihr Territorium nach eigenem Gutdünken zu beschränken? Esther blickte ernst aus dem Fenster, sie habe eine Veränderung festgestellt in der Stadt, sagte sie, aber genau benennen könne sie sie nicht. Sie spreche seit einiger Zeit nur noch selten mit jemandem, als bewegte sie sich nur zu ungewöhnlichen Zeiten durch die Stadt, und tatsächlich, sagte sie, scheine ihr die Stadt oft in einem Dämmerlicht zu liegen, obwohl sie wisse, dass dies in Wahrheit nicht so sei, der Winter, so denke sie, sei für immer gekommen. Sie sorge sich oft, ohne besonderen Grund fürchte sie, dass Johns Bratsche beschädigt werden könnte, sie meine der Wohnung anzusehen, wie sie Tag für Tag alterte, wie sich die Böden langsam und einseitig senkten, sie habe den Eindruck, mit der Statik des Gebäudes sei etwas nicht mehr in Ordnung oder es laste ein außerordentliches Gewicht auf dem Haus. Ich schwieg, ich konnte vor Müdigkeit kaum den Worten meiner Schwester folgen, kalte Winterluft kam mir aus dem Hof entgegen, ich sah meinen Körper, der gegen meinen Willen schwankte, durch den Kopf ging mir alles Mögliche, die Verkäuferin verließ das Ladengeschäft, der Häftling wurde eingeschlossen, ein Hubschrauber flog durch ein enges Tal, aber da tauchte weit hinter der Stadt ein Vogel auf, und längst wusste ich, dass es der Kauz war, das schwere Tier, das ich bereits kannte, und ich wusste in diesem Moment, dass ich mich nur umzudrehen brauchte, um auf den Stühlen, am Küchentisch, beim Kühlschrank wiederum Gestalten, Personen, die ganze Gesellschaft zu sehen.

In derselben Nacht erzählte John am Küchentisch, es habe ihn vor Kurzem auf dem Weg durch den Stadtpark ein Schwindel befallen, er habe sich sofort hingelegt, die Bratsche neben sich, als er wieder aufgewacht sei, mitten im Park, habe er nur den kalten Schnee im Nacken gespürt, sonst nichts, kein Gefühl. Kein Mensch und kein Tier hätten sich im Park aufgehalten, nichts Lebendiges, im schwindenden Licht habe er den Park mit der Bratsche in der Hand verlassen. Ich betrachtete das Gesicht meiner Schwester, ich sah den Lichtkegel auf dem Tisch und um uns her die Dunkelheit, ich sah die Hände des Bratschisten, ich sah vor dem Fenster Teile der Stadt, und alles, was dort und an anderer Stelle in diesem Moment passierte: Über den Marktplatz gingen die Kinogänger, die Leuchtschrift schien verhalten, eine

Mutter nahm ihr Kind von der Brust, die drei Weiher lagen still und, ja, schwarz über der Stadt, die Politikerin sagte, sie verwende zur Illustration ihrer Ausführungen über die Flüchtlinge nun einen Begriff aus der Jagd, dabei waren ihre Lippen immer schmaler geworden. Es schien mir, als bezeichnete der Schein der Lampe ein sicheres Gebiet, als wäre ich ungefährdet, solange ich mich im Schein der Lampe befände, und ich legte meinen Kopf endlich auf den Tisch, wach aber, hellwach.

Im Grunde handle es sich dabei um die Wahrheit, erklärte John. Es sei aber schwierig, die Ereignisse im Nachhinein richtig zu erzählen. Er erinnere sich auf jeden Fall an den Schnee, der zwischen die Handschuhe und die Ärmel seiner Jacke geraten sei, und an die plötzlich ganz veränderte Sicht, da er sich nun am Boden befand: Es war still, und ich hatte den Eindruck, beiläufig weit ins All hinaus zu sehen.

Und ich hatte mich kaum bewegt, sagte der Logistiker, kaum noch gedacht, als Stunden später wieder das Tageslicht durch den Raum ging. Ich stand auf, in der Tür standen zwei junge Männer und musterten mich, ich hatte auch hier keinen Schlaf gefunden, der Sprecher sprach noch leise von den Grenzen, die unsichtbar über die blauen Seen des Südens und die nebligen Kämme der Berge führen, ich hatte auch hier während Stunden hellwach gesessen, während John seine Bratsche endlich in den Koffer gelegt hatte und meine Schwester längst im kühlen Schlafzimmer schlief, im Schlaf sich ab und zu bewegte. Im Flur saßen einige Frauen, sie unterhielten sich murmelnd, und bei der Wohnungstür wartete der Mann mit der Decke, der eben noch in Basel gesessen hatte. Ich verließ das Haus ohne ein Wort und ging zum Bahnhof durch unheimliche Straßen, mit den Händen streifte ich Fassaden, Mauern, Pfosten, aber auch diese Berührung brachte mich nicht zurück in die eigentliche Stadt an diesem Tag.

Ein Mann betrat den Raum, who's there?, rief Frau Boll, er stellte sich vor als Journalist, der in naher Zukunft die gesammelten Aufsätze der Schriftstellerin besprechen wolle. A. L. Erika forderte ihn auf, Platz zu nehmen, und erklärte, die Schriftstellerin habe, als sie diese vor einigen Monaten in Europa wiedergetroffen habe, zu ihr gesagt, hin und wieder falle ihr der Gärtner ein, der schlafende Geselle im südkalifornischen Garten, erinnern Sie sich?, fragte sie und fuhr fort, ohne meine Antwort abzuwarten, sie habe viel über den Schlaf nachgedacht, der Gärtner sei in ihrer Erinnerung zur Skulptur eines Schlafenden geworden. Nach ihrer Rückkehr aus Amerika habe sie selbst viel geschlafen, sie habe eine Zeit lang keinen sicheren Ort außerhalb des Schlafs mehr gekannt, sie sei durch den Tag getaumelt, der Körper weit abgeschlagen, sie habe sich mitsamt dem Körper in den Schlaf, immer nur direkt in den dunklen Schlaf hinein gerettet. Im Traum habe sie ihre Reisen an die Grenze noch einmal unternommen, aber entgegen der wirklichen Erfahrung habe es im Traum keine Nacht mehr gegeben, das augenblickliche Glück des schlafenden Gärtners im stillen Winkel sei den Menschen verwehrt gewesen. Begleiten Sie mich, sagte die Schriftstellerin, und ich folgte ihr, der Ort, an den sie gerade denke, rief sie mir nach einer Weile zu, sei die Küste, dort sei sie einmal durch den Sand gegangen, eine Stunde, vielleicht, vor Sonnenuntergang, und habe sich irgendwann vor einen Bretterverschlag gesetzt, wo ziemliche Windstille herrschte, da sei ein junger Mann mit Krücken Richtung Wasser an ihr vorbeigegangen, seine Beine seien äußerst dünn und krumm gewesen, ohne einen einzigen Muskel, aber er habe schön ausgesehen, er habe sich nah am Wasser in den Sand gesetzt, und einige Zeit später seien zwei Freunde dazugestoßen, einer habe schmale Schuhe mit kleinen, glänzenden Schnallen getragen, der andere sei bärtig und breitschultrig gewesen, schweigend hätten sie alle dagesessen und sich dann im letzten Licht noch ins Wasser gestürzt, laut lachend auch der mit den Krücken, dieser Körper sei sichtbar schwach gewesen dem Wasser gegenüber, aber der bärtige und der andere Freund, dessen Schuhe verlassen im Sand standen, hätten ihn in keinem Moment aus den Augen gelassen, und er selbst habe sich auch ohne Zögern den Wellen hingegeben in dem Wissen, er werde zuletzt doch nicht untergehen. Ich, sagte A. L. Erika, folgte der Schriftstellerin, die jetzt rascher ging, es war ganz dunkel geworden, der Weg führte über einen Fluss, der schnell dahinzog, eine rasende, dunkle Strömung war zu hören, kaum sichtbar, kurz darauf verließ die Schriftstellerin den Pfad, es musste sich um einen Wald handeln, den wir in diesem Moment betraten, sind Sie noch da, hörte ich die Stimme der Schriftstellerin, und ich antwortete, ja, ich sei da. Der Wald breitete sich in völliger Dunkelheit vor uns aus, ich hörte das Atmen der Schriftstellerin, Zweige, die unter ihren Füßen brachen, ich ging in ihre ungefähre Richtung weiter und erinnerte mich auf einmal an jenen Abend in Glendale, Los Angeles, als sie vor mir saß und schrieb, als der Student ein Gedicht zitierte und auf der Leinwand der Künstler Bas Jan Ader wieder und wieder von einem Ast ins Wasser fiel, und es erstaunte mich, dass ich nun mit dieser Person durch einen Wald in Europa ging, der keineswegs beleuchtet war. Wir gingen schnell über den unebenen Grund, durchquerten dann ein steiniges Bachbett, das anscheinend kaum Wasser enthielt, ich hörte die Schritte der Schriftstellerin und folgte ihnen, vor mir sah ich ihre Schultern, den Körper, den ich zuletzt auf einem anderen Kontinent gesehen hatte, er war in meiner Erinnerung zur Skulptur geworden, ich sah, über einem Stuhl lagen die Kleider, ein Falter, Blätter streiften mein Gesicht, eine kleine Lampe brannte neben dem Bett, ich meinte einmal, sie fast zu berühren, mich im nahen Umfeld ihrer Haut zu befinden, ich stieg unbeholfen über Wurzeln, hörte nun keine Bewegung mehr, ich war ganz in ihrer Nähe, und sie schwieg, das Fenster war leicht geöffnet, ein Falter flog herein, dann hörte ich wieder ihre Schritte, Äste brachen, ich meinte einmal, sie stehe ganz nah bei mir, aber wir durchquerten den Wald und verließen ihn anschließend, es geschah nichts Weiteres.

Dies können Sie keinesfalls journalistisch verwenden, sagte A. L. Erika zum Journalisten, der aufmerksam zuhörte, sie fuhr fort: Und obwohl ich zu dieser Zeit meist allein war, in meiner Wohnung saß und Musik hörte, die Zeitungen las, fand ich mich an einem Abend mit vielen Freunden an einem Tisch wieder, wir saßen eng zusammen, weil der Tisch nicht sonderlich groß war, und stießen uns gegenseitig beim Essen versehentlich an, dann lachten wir und verschütteten weiterhin lachend den Wein, wir erzählten Geschichten aus den Städten, die wir bewohnten, es war ein Kind geboren worden, jemand war im Theater aufgetreten, wir sprachen über Konferenzen, über die Syntax, die heimliche und die unheimliche Stille, den Jura und die Stadt Buenaventura in Kolumbien. Je später es wurde, umso tiefer beugten wir uns über den Tisch ins Licht der Lampe, die tief im Raum hing, wir rauchten und aßen noch um Mitternacht. Ich erwähnte die Schriftstellerin mit keinem Wort, aber ich warf an einer Stelle, als sich das Gespräch um eine Wanderung zu einem Turm in dieser oder jener Gegend des Landes drehte, ein, ich sei kürzlich nachts durch einen Wald in der Zentralschweiz gegangen, seit Jahren hätte ich mich nicht mehr länger in einem Wald aufgehalten, und als mich jemand nach den Gründen dafür fragte, sagte ich nur, ich sei nicht allein unterwegs gewesen.

Nun zu Ihren Fragen, sagte A. L. Erika in die Richtung des Journalisten, aber auch dies bleibt unter uns: In einem Brief schrieb die Schriftstellerin, sie habe nach dem Gang durch den Wald ihre Arbeit an dem Text, der die Grenze behandle, verworfen, sie sei Schriftstellerin, schrieb die Schriftstellerin, und der Umstand, dass die missliche Lage an ebendieser Grenze ihr schriftstellerisches Kapital darstelle, sei unerträglich, es sei schon äußerst dreist von ihr gewesen, überhaupt eine Reise in diese Gebiete zu unternehmen, sie habe, sagte die Schriftstellerin, ihren Schreibstift beiseitegelegt. Ob das Nichtschreiben in diesem Moment nicht ebenso ein schriftstellerischer Akt sei, fügte sie am untersten Rand des Blatts an, sie halte das Weglegen des Stifts, diese Bewegung der Hand, die sich demonstrativ entferne vom Papier, für sehr wichtig, das Wichtigste daran vielleicht, dass niemand diesem Akt beigewohnt habe. Am gleichen Tag sah ich die Schriftstellerin im Fernsehen auftreten, sie sei stets eine unbekümmerte Schreiberin gewesen, sagte sie, keine Zweiflerin.

Ich bin keineswegs eine Zweiflerin, sagte die Schriftstellerin, zuweilen lüge ich wie gedruckt.

Als ich mit der Übersetzerin telefonierte, erzählte A. L. Erika, sagte diese, sie sei in der Nacht zuvor über dem Schreibtisch

eingeschlafen, die ganze Nacht habe die Schreibtischlampe ge-
brannt und ihr den Kopf gewärmt. Zuvor habe sich die Schriftstellerin telefonisch gemeldet, hörbar verwirrt, und gesagt, sie
habe versäumt zu vermerken, dass ein entscheidender Abschnitt
ihres letzten Aufsatzes dem Duden entnommen sei. Dabei, so die
Übersetzerin lachend, habe es sich um Beispielsätze zum Begriff
der Grenze gehandelt, die die Schriftstellerin tatsächlich kom-
mentarlos aufgelistet habe, und die Übersetzerin zitierte am Telefon: *Die Grenzen der Prärie, die Grenze zwischen Geest und
Marsch, das Gebirge bildet eine natürliche Grenze, die Grenze verläuft quer durch den Ural, jemand ist über die grüne Grenze gegangen, hat illegal, an einem unkontrollierten Abschnitt das Land
verlassen, die Grenze zwischen Hell und Dunkel, das rührt schon
an die Grenzen des Lächerlichen.* Sie habe übrigens längst bemerkt, dass mich die Schriftstellerin über alle Maßen interessiere, sagte die Übersetzerin nach einer kurzen Pause.
Ich ging auch jetzt wie zuvor stundenlang durch die Stadt, in
der ich wohnte, sagte A. L. Erika fast flüsternd nun, als bereitete
sie sich selbst die größte Angst, und auch wenn diese Stadt weitaus kleiner war und kaum ein Geräusch, kaum Aufsehen ver-
ursachte, schien Tag für Tag wieder alles anders vorzuliegen, das
Licht schien einmal so und einmal so zu scheinen, der Fluss
beunruhigte mich an einem Tag und am nächsten hatte ich ihn
ganz vergessen, die Passanten kamen mir zuweilen freundlich,
dann aber bedrohlich entgegen, und ich ging unaufhörlich, ich
sah mich selbst, eine einzelne Frau, die ging, und nur wenn ich,
höchst selten einmal, mit Freunden unterwegs war, konnte ich
mich selbst für einen Augenblick aus den Augen lassen, diesen
Körper, der der Stadt oft kaum zumutbar schien.

Die Schriftstellerin sagte an diesem Abend, sie sei keine Lügnerin, und die Anwesenden lachten, John erläuterte, der Ton entspringe dem Zwerchfell oder einer benachbarten Region, und A. L. Erika sagte, in einem Hotel in Kärnten sei sie einst nachts angerufen worden, und am anderen Ende der Leitung habe ein ihr bekannter Hotelgast, ja, ein Freund, das erste Kapitel eines Buches vorgelesen, dabei sei sie endlich eingeschlafen, die Muschel eng an ihrem Ohr, und das sei eine wahre Geschichte. Um welchen Text es sich gehandelt habe, fragte der Student, und die Schriftstellerin hob den Kopf, aber das sei in diesem Fall nicht unbedingt von Belang, sagte John, er verstehe A. L. Erika gut, und die Schriftstellerin wandte sich ab, als hätte sie doch nicht zugehört. Mit zunehmendem Alter, sagte sie später, habe sie sich immer seltener in guter Gesellschaft befunden. Oder an wessen Lippen hingen Sie zuletzt?, fragte die Schriftstellerin in die Runde, und es war nicht zu übersehen, dass sie zornig und zugleich traurig war. Einmal im Zug, ich fror, sagte A. L. Erika, saß einer am Fenster mit gefalteten Händen und starrte in die rasende Nacht, wahrscheinlich ein Mönch, und atmete hörbar ein und aus.

Fortunat fuhr fort, als hätte er nur kurz innegehalten, ich besichtigte, sagte er, vor Jahren das Familistère in Guise, ich fuhr damals von Brüssel nach Paris, in Guise kam ich zufällig vorbei, erinnerte mich aber sofort an die Bilder des Familistères, die ich in einem Dokumentarfilm gesehen hatte, errichtet von einem Unternehmer, der gusseiserne Öfen produzierte, sein Name, Jean Baptiste André Godin, war mir bekannt aus Considerants Schriften, Godin unterstützte die Gründung der erwähnten Kolonie in Texas angeblich mit einem Drittel seines Vermögens, mit fünfzehn Jahren studierte er Schriften über die verschiedenen sozialen Systeme, die Widersprüchlichkeit dieser Lehren habe ihn, Zitat, *sehr unbefriedigt gelassen,* ich hatte Brüssel frühmorgens verlassen, um nach Paris zu gelangen, ich hielt es damals selten lange aus an einem Ort, meine Eltern sorgten sich meiner Ruhelosigkeit wegen, dabei waren beide selbst oft unruhig, der Vater hielt sich fest an seiner Tuba, wer mit den Bienen umgeht, braucht eine ruhige Hand, dass die Bienen dann starben, brachte ihm Unglück, er sprach von Schmerzen in der Brust, zur selben Zeit ungefähr hatte ich Fouriers Schriften gelesen, Utopien, auch architektonische, interessierten mich, ich habe mich nie einer Ideologie zur Gänze angeschlossen, es wurde mir zunehmend unmöglich, aber im Zweifelsfall hätte ich doch immer gewusst, auf welcher Seite ich stehen wollte. In Brüssel besuchte ich einen Kongress, ich fühlte mich seit Tagen krank, es hatte seit meiner Ankunft nicht aufgehört zu regnen, das Hotelzimmer war klein, und die Wände waren mit einem dunklen Teppich eingefasst, abends ging ich früh zu Bett und schaute französisches Fernsehen, ich benutzte den kleinen Wasserkocher, der auf dem Schreibtisch stand, um Tee zu kochen, am vierten Tag fuhr ich los, ich hatte entzündete Schleimhäute, die Säle der Kongresszentren waren oft kalt oder schlecht belüftet, ich hatte die Angewohnheit, mich so nah an den Ausgang zu setzen wie möglich, unterwegs ließ ich mir eine Thermosflasche mit heißem Wasser füllen, als ich dann die Abzweigung nach Guise sah, erinnerte ich mich auf der Stelle an Godin und das Familistère, ich hatte Aufnahmen dieses Gebäudes in einer Dokumentation gesehen, darin wurde es bezeichnet als *praktischer Versuch der Verwirklichung von Fouriers Utopie,* ich erinnerte mich an die großen, hellen Lichthöfe, Godin hatte 1858 zu

61

bauen begonnen, vorgängige Versuche, die Ideen Fouriers in Condé-sur-Vesgre, Algerien und Nordamerika zu realisieren, waren gescheitert, als ich durch ein Tor in den Hof eines Flügelgebäudes trat, überraschte mich die Stille, ich hatte mir diesen Ort nie leer, sondern ganz belebt vorgestellt, Kinder im Hof, der Hall ihrer Schritte und Stimmen, flatternde Wäsche, Menschen auf den Galerien und so weiter, der Großhaushalt, so Godin, sollte den familiären Kleinhaushalt ersetzen, *un lieu de liberté, de calme, de paix,* ein Fluss trennte das Fabrikgebäude von Wohnquartier, Schulhäusern, Theater, Kantine, Remisen, Café und Casino, diese Art von Kollektiv interessierte mich, ich ging über das Areal, der Kopf schmerzte irrsinnig, und ich hielt mich nicht lange dort auf, wenige Stunden später erreichte ich Paris.

Wenn ich meine Eltern aus Paris anrief, schienen sie immer erstaunt zu sein, dass dies so einfach möglich war, in ihrem Haus schien sich kaum jemals etwas verändert zu haben, wenn ich nach langer Zeit wieder anrief, ich hielt mich damals oft in Paris auf, obwohl mir wenig Geld zur Verfügung stand, hatte ich ein gutes Zimmer zur Untermiete gefunden, aber selten hielt ich es zu dieser Zeit lange aus an einem Ort, heute weiß ich nicht mehr, was mich jeweils von einem Ort weg zum nächsten hin trieb, im Nachhinein habe ich keine schlechten Erinnerungen, als ich in Guise aus dem Auto stieg, fiel mir ein Satz Considerants ein, *Ich hatte mir eine seltsam fremdartige Vorstellung von diesen Prärien gemacht, unter denen ich etwas Unbekanntes, Wildes dachte, unmäßig hohes, holziges Gras und der Himmel weiß was für abenteuerliches Zeug,* schrieb er in seinem Bericht über Hoch-Texas, daran dachte ich in Guise, ohne dass es dafür einen Anlass gegeben hätte, mit *Au Texas* war der Bericht überschrieben. Viele meiner Freunde haben sich schließlich dem eigenen Körper zugewandt und ihn speziellen Regeln unterworfen, nachdem alle Systeme offiziell oder von ihnen selbst als untauglich bewertet wurden, die Religion, der Sozialismus, der real existierende, der Kapitalismus, mein Körper interessiert mich nicht besonders, das ist wohl ein Privileg, meine Sexualität entspricht vermutlich nicht der Norm oder gerade doch, das hat mich aber nie gekümmert, Selbstbefriedigung empfinde ich als Erleichterung, alles wird in diesem Moment durch diese kurze Bewusstlosigkeit, diese Art von Schlaf, zurückgesetzt auf einen Ausgangspunkt, mit Mitte zwanzig erlitt ich einige Male einen nervösen Zusammenbruch, eine Ahnung befiel mich meist Stunden im Voraus, besonders über dem Brustkorb und in den Armbeugen schien die Haut aufgerieben und dünn, ich fühlte mich nervös ohne besonderen Grund und geriet meist ob einer Kleinigkeit völlig außer mich, es befiel mich eine panische Angst, es könnte meinen Eltern etwas zustoßen, ich habe diese Nervosität nie ganz verloren, als ich in Guise den gelben Innenhof des Gebäudes betrat und an die ehrlichen Hoffnungen der früheren Bewohner und Bewohnerinnen, an die weiten Reisen der Menschen überhaupt, an das bescheidene Leben meiner Eltern dachte, kam das bekannte Gefühl wieder in mir auf, ich setzte mich in den Wagen und trank in großen Schlucken Tee aus der Thermosflasche, fuhr dann weiter Richtung Paris.

Ich lebe gern allein, wenn sich fremde Leute in meiner Wohnung befinden, werde ich unruhig, ungern sitze ich mit Unbekannten an einem Tisch, trotzdem interessieren mich alle möglichen Formen des Zusammenlebens, als ich den Ausstellungssaal betrat, der im großen Pavillon des Familistères eingerichtet worden war, sah ich in einer Vitrine das Banner der Blasmusik *Harmonie*, in das rote Velours war zwischen den Wörtern

Harmonie und *Familistère* das Bild eines Bienenstocks eingelassen, den sechs oder sieben Bienen umschwirrten, an anderer Stelle wurde auf einer Tafel die Zahl der Wohnungen und Bewohner im Jahr 1865 unter dem Titel *La Ruche*, der Bienenstock, aufgeführt, dass die Natur dem Menschen das beste Modell vorgibt, daran glaubte ich nicht, mein Vater nannte die Bienen emsig und sanft, was im Innern des Stocks vorging, schien mir als Kind grausam zu sein, die toten Bienen wurden von ihren Genossinnen selbst aus dem Stock geschoben.

Als ich an diesem Tag Paris erreichte, besuchte ich ein Konzert, die Musik hatte mir oft gegen die Nervosität geholfen, in einem schmalen Gewölbekeller unweit meines Zimmers spielte an diesem Abend ein Trompeter auf.

Auch meine Schwester erzählte einmal von dem genannten Trompeter, sagte der Logistiker, mein Zustand war unverändert, ich schlief nicht, der ewige Schnee fiel und fiel auf die Schweiz herunter, durch die Wohnung gingen die freundlichen Gestalten, und als das Telefon klingelte, war meine Schwester am Apparat, sie sprach, als wäre nichts geschehen, es gehe ihr gut, sagte sie, auch ihrem Ehemann gehe es gut, nur sei es kalt im Orchestergraben, die Weiher lägen unverändert auf dem Hügel über der Stadt, im Stadtpark hätten sie vor Kurzem einen Toten unter einer Linde gefunden, sie sei gestern Nacht in der Nähe des Bahnhofs an einem hell erleuchteten Konzertlokal vorbeigegangen, darin hätten Leute getanzt, in Trauben seien sie aus dem Lokal geströmt, mit heißen Körpern im Schnee gestanden, plötzlich habe jemand im oberen Stock die Fenster aufgerissen und mit lauten Rufen kleine Wimpel gehisst, an denen der Sturmwind zerrte, als sie sich nach dem Anlass erkundigt habe, hätten die Leute gesagt, hier spiele heute Nacht eben ein berühmter Trompeter auf. Esther verabschiedete sich, ich legte den Hörer auf die Gabel und hatte in diesem Moment bereits das Gespräch fast vergessen, ging durch die Wohnung auf der Suche nach Papier und einem Stift, um einige Dinge noch zu notieren, im Park entfernten vier Männer den Müll, der Leiter des Werkhofs: Diese Asylsuchenden sind froh um eine sinnvolle Beschäftigung, die Gemeindeschreiberin: Erst vor Kurzem habe ich ein Kompliment von einem Einwohner bekommen für diesen sinnvollen Einsatz der Asylsuchenden, hier fuhren die Züge, hier saß ich so müde, es besserte sich nichts, das Kind mit der Flöte im Rucksack war aufgetaucht, die Uhr schlug und schlug, das Kind riss die Fenster auf, dann goss es die Pflanzen, vor mir baute sich ein finsteres Aarhorn auf, vor mir reihten sich die Churfirsten aneinander, auf dem Pilatus wurde eine alte Fahne gehisst, auf der Rigi war noch alles still, der Kauz kehrte aus Frankreich zurück, das Kind rief: Was tun?, es reichte mir das Wasser, in letzter Minute trank ich, in letzter Minute trank ich ein Glas Wasser, sonst wäre ich um ein Haar, ja, wahnsinnig geworden.

Zu diesem Zeitpunkt sahen Sie noch immer keinen Anlass, Hilfe zu suchen?, fragte die Übersetzerin, und der Logistiker schüttelte den Kopf, es waren ja gewöhnliche Dinge, die ich sah, es fehlte mir nur die Zeit, mich davon zu entfernen, also die Erholung, also die Distanz zwischen mir und den Ereignissen. Alles geschah in der unmittelbaren Nähe, wie gesagt, und alles verhielt sich ja tatsächlich so, wie es sich vor meinen Augen darstellte.

Haben Sie, fragte Frau Boll, diese ganze Gesellschaft, von der Sie erzählen, zu irgendeinem Zeitpunkt angesprochen?, zu dieser Zeit, antwortete der Logistiker, habe ich überhaupt kaum gesprochen, es schien mir nicht nötig, es wären mir außerdem kaum Wörter eingefallen, die noch nicht vorkamen in den Reden der anderen, und immer, wenn ich kurz davor war, mich zu melden, tauchte jemand auf und hatte schon das Wort ergriffen.

Aber du hast doch, so der Journalist zum Logistiker, immer damit gerechnet, dass du schließlich aufwachst, dass du diesem Zustand entfliehen kannst. Nein, auf keinen Fall, erklärte dieser, ich war nach kurzer Zeit schon höchst verzweifelt, auch der Versuch, mich von dieser Stadt und dem Geschehen zu entfernen, führte zu nichts, diese Dinge geschahen ja überall, ich träumte ja nicht, ich bildete mir nichts ein, ich war für immer wach und sah alles direkt vor mir. Auch in Djerba, auch in Athen, auch in Florida hätte sich alles so fortgesetzt, besser: hat es sich fortgesetzt und setzt sich fort, alles verhält sich ja tatsächlich so, die Zollfachfrau erstellt Risikoanalysen, zwei Männer lassen ihre Körper in Teppiche einrollen und gelangen über die Grenze, der Schweizer Bauer hat für den Asylbewerber keinen Gebrauch mehr, als er auch beim dritten Mal nicht versteht, wie er die Pflanzen zu pflücken hat, das Gebirge bildet eine natürliche Grenze, die Schlafgängerin ist auf der Suche nach einem neuen Domizil.

In der zweiten Hälfte des 19. Jahrhunderts, sagte der Student aus Glendale, der mit einem Buch bei der Tür saß und mit übergeschlagenem Bein seine Notizen ordnete, vervielfacht sich die Einwohnerzahl der großen Städte, Berlin, Frankfurt, Wien, innerhalb weniger Jahrzehnte. Von der Wohnungsnot betroffen sind vor allem junge und ledige Neuankömmlinge, die, Zitat, *gezwungenermaßen hoch mobil sind und sich mit befristeten und schlecht bezahlten Beschäftigungen über Wasser halten müssen.* Wer sich keine Wohnung leisten kann, mietet sich gegen Entgelt ein Bett, das jeden Tag während einiger Stunden benutzt werden kann, wenn der Eigentümer der Schlafstätte gerade selbst nicht schläft oder zugegen ist, diese Schlafgänger haben also auch für den Schlaf keinen unbedingt sicheren Ort, sie legen sich für einige Stunden auf eine gemietete Stelle, um dann wiederum als Arbeitskräfte zur Verfügung zu stehen. Sie sehen hier also einen ökonomischen Zusammenhang, sagte der Journalist. An anderer Stelle, fuhr der Student fort und zog einen Zettel zwischen den Buchseiten hervor, werden die Schlafgänger als *flüchtige Existenzen* bezeichnet, auf die stets das Augenmerk der Polizei gerichtet war.

Auch an diesem Tag meldete sich der Journalist am Telefon, fuhr der Logistiker fort, er lese hier gerade, sagte er, Zitat, operativer Leiter des Durchgangsheims: Ein Teil der Betreuungsaufgaben besteht in der Erhaltung der Rückkehrfähigkeit der Asylsuchenden, und er frage sich nun, sagte der Journalist, ob man sich weigern solle, unter der Rückkehrfähigkeit mehr zu verstehen als rudimentäre Vorkehrungen, diese Menschen am Leben zu erhalten, ob man sich unter einer nicht länger rückkehrfähigen Person anderes vorstellen solle als eine äußerst beeinträchtigte Person oder einen invaliden, gewissermaßen toten Körper, obwohl er natürlich selbst wisse, sagte der Journalist, dass der operative Leiter dies auf Nachfrage anders formulieren und ihn spitzfindig nennen würde. Vor einigen Tagen habe er am Marktplatz meine Schwester, Esther, getroffen, fuhr der Journalist fast ohne Abzusetzen fort, aber seine Stimme entfernte sich und wurde leiser, ich sah ihn vor mir, wie er am Tisch saß, ich sah den Fernseher in Betrieb, das Licht gespenstisch, die Moderatorin: Über das Sterben selber spricht man nicht oder zumindest nicht gern. Wir machen das heute: Sterben – wie geht das? Haben Sie Angst vor dem Sterben? Antwort: Ja, selbstverständlich habe ich Angst. Antwort: Auch ich habe ein bisschen Angst. Ich habe viele Gefühle dazu, ich habe vor allem großen Respekt davor, was passiert, weil ich immer noch nicht weiß, was genau mit einem selber geschieht. Im Moment möchte ich nicht gern sterben. Antwort: Es ist eine Frage, die mir oft gestellt wird, und ich weiß jeweils auch nicht genau, was sagen. Im Moment habe ich keine Angst. Ich möchte zu Hause sein, in einer Umgebung, die mir gefällt. Antwort: Ich denke, Sterben findet ja fortlaufend statt. Das kleinere Sterben, Wandlung und Veränderung. Jetzt haben wir automatisch vom letzten Sterben gesprochen. Ich denke, das ist ein großes Ereignis, und zu einem großen Ereignis gehören Angst und Bedenken und alle Gefühle, die dem Menschen zur Verfügung stehen, und meine Schwester, sagte der Journalist, habe da am Marktplatz ein Buch in der Hand gehalten, auf seine Nachfrage hin habe sie gesagt, es handle sich um eine fiktive Erzählung, dieses Buch habe ihr allerdings sehr vieles über die Gegenwart erklärt, die Verfasserin, eine Frau im Alter ihrer Mutter, habe sie kürzlich in einer Fernsehsendung gesehen, und obwohl diese ganz unbeschwert gesprochen habe und auch das Buch einen ganz sorglosen Anschein mache, habe sie, Esther, beim Lesen zum ersten Mal seit ihrer Jugend wieder über den Tod nachgedacht. Im Fernsehen flimmerte der weiße Strand von Djerba, dort saß eine Schriftstellerin und sagte, ihre Texte handelten von allem und von nichts, aber das sei doch nur eine Behauptung, entgegnete der Literaturkritiker, und die Schriftstel-

lerin lachte leise, und weiter fuhr mein Blick durch die Gegend
ohne mein Zutun, es war mir alles längst zu viel, es ging mir alles längst zu weit, und die Kontinente reichten allerorts ins
Meer hinein. Zum Abschied, sagte der Journalist, habe Esther
ihn am Arm gepackt und gefragt, ob er wisse, wie es ihrem Bruder – mir also – gehe. Er wisse es nicht genau, habe der Journalist geantwortet, er habe schon lange nichts mehr von mir
gehört.

Kurze Zeit später, ich saß mit dem Rücken zum Ofen, sein kleines Licht schien mir über die Schulter, klingelte das Telefon erneut, zwei Frauen, die am Küchentisch Kaffee tranken, schauten kurz auf, es war wiederum Esther am Telefon, es gehe ihr
gut, auch John gehe es gut, sagte sie, er sei aus dem nahen Ausland zurückgekehrt, auf der Reise sei er im Zug als einziger Passagier zwei Mal von Grenzbeamten kontrolliert worden, ohne
dass diese ihm mitteilten, ob seine Person oder sein Instrument,
die Bratsche, Anlass dazu gäbe, aber wie gesagt, alles sei gut.
Nach einer langen Zeit, der Ofen wärmte mir den Rücken, die
Augen fielen zu und gingen auf der Stelle wieder auf, durch die
Stadt bewegte sich der Verkehr, der Kauz stieg in die Höhe, ein
Schwimmer stieg in den Ozean, fügte sie an, sie habe vor Kurzem ein Buch gelesen, eine lustige Geschichte, die immer komplizierter werde, es gehe darin um sogenannte Bienensprüche,
die besagten, dass alle wichtigen Ereignisse den Bienen stets
mitgeteilt werden müssten, nach einem Todesfall in der Familie
also besuche das jüngste Mitglied der Familie die Stöcke, schüttle
eine Kette mit kleinen Schlüsseln daran, klopfe an den Stock
und flüstere drei Mal: *Kleine Bienen, kleine Bienen, es ist jemand
gestorben,* dann warte es einen Augenblick in Stille, und wenn
die Bienen dann wieder zu summen begännen, so willigten sie

damit ihrerseits ein, weiterhin zu leben. Mir, sagte der Logistiker, fiel die Biene ein, die aus dem Mund des Schlafenden flog, ich strich mir über die Lippen, sie waren kühl, oder waren es meine Finger, die kühl waren, das Kind nahm mir den Hörer aus der Hand und legte ihn auf die Gabel, ich stand auf und setzte mich auf den dritten Stuhl am Küchentisch.

Da kürzlich von den Schlafgängern die Rede gewesen sei, sagte die Schriftstellerin, müsse sie dringend festhalten, dass die Zeit, in der gesprochen werde, doch die Gegenwart sei.

Er habe, sagte der Student in diesem Moment, vor längerer Zeit einen Fernsehbericht transkribiert. *Die Grenzwächter,* so habe der Sprecher gesprochen, während entsprechende Bilder erschienen seien, *müssen mit allen Waffen sicher umzugehen verstehen. Aber das Schießen finden Kursteilnehmer leichter als die Theoriestunden, in denen sie sich redlich um Materialkenntnis, Landeskunde und Kartenlesen bemühen.* Der Student warf einen bedeutungsvollen Blick in die Runde und blätterte eine Seite um, fuhr fort: *Da haben wir also zwei von den merkwürdigen Handelsleuten, die aus den komplizierten Grenzen und den noch komplizierteren Zollvorschriften ihr Geschäft machen. Solche Handelsleute können sehr verwegen und brutal sein. Gegen gut bewaffnete Zweierpatrouillen wagen sie aber bei Tageslicht selten ihre Haut.*

Fortunat erhob sich und ging hin und her im Raum, sprach dann: Ich reiste ein zweites Mal nach Dallas, am Flughafen wurde ich bereits empfangen, es herrschte kein bestimmbares Wetter, es war weder warm noch kalt, ich war auf Einladung des

Schweizer Vereins von Texas angereist, im Gepäck trug ich drei kleine Honiggläser, die ich meinen Gastgebern später überreichen sollte, solange keine Wabe darin enthalten sei, könne Honig in dieser Menge ohne Bedenken importiert werden, so mein Vater, die Wabe gehöre eben zum Bienenvolk, er hatte kleine Schleifen um die Gläser gebunden, ich nahm auf dem Rücksitz des Autos Platz, die texanische Landschaft zeigte sich vor den Fenstern, die Flugzeuge setzten am Rand des Freeways auf, ich sagte, meine Reise sei gut verlaufen, an einer Kreuzung reckte ein Mann ein Schild in die Luft, *we buy gold,* später würde ich mich an ihn erinnern, der da stand, auf einem anderen Kontinent, an einer viel befahrenen Straße mit dem mannsgroßen Schild in seinen Händen, ein eigentlicher Werbeträger, dass die einen zu Lasten der anderen lebten, schien sich mir in diesem Moment sehr deutlich zu zeigen, die Gärten im Viertel meiner Gastgeber wurden von Mexikanern gepflegt, das Wasser aus den Schläuchen lief in kleinen Strömen friedlich den Bordstein entlang, ich hatte mich im ehemaligen Kinderzimmer des Hauses auf das Bett gesetzt und sah aus dem Fenster, die Zeit dehnte sich und zog sich plötzlich zusammen in unregelmäßigen Abständen, ich vermisste einige vertraute Dinge, dieses Gefühl befiel mich stets während der ersten Tage einer Reise, den Honig hätte ich um ein Haar für mich selbst behalten, als ich die Schleifen des Vaters wieder sah, er hatte mir auf diese Weise alles Gute für die Reise gewünscht, später wurde ich abgeholt von einigen Mitgliedern und Freunden des Schweizer Vereins, darunter zwei Finanzberater und ein Chirurg mit seiner Ehefrau, er sei an der Grenze zu Mexiko aufgewachsen, sagte der eine Finanzberater, er interessiere sich besonders für die Märkte der Schwellenländer, er profitiere von seinen Sprachkenntnissen, er habe die Literatur des magischen Realismus gelesen, er habe für eine deutsche Bank Expansionsmöglichkeiten in den lateinamerikanischen Ländern geprüft, grenzüberschreitende Transaktionen in Milliardenhöhe seien nichts Ungewöhnliches gewesen, er sei den Künsten sehr verbunden, die Ehefrau des Chirurgen, die neben mir auf dem Rücksitz saß, irrte sich in der Zahl der Einwohner der Stadt, und der Chirurg wies sie zurecht, die Sonne ging früh unter, die Frau lächelte mir verlegen zu, es blieb mir nichts übrig, als mitzugehen, alles auf mich zukommen zu lassen, ich verlor die Orientierung auf dem Freeway, ich wollte möglichst bald meine Eltern anrufen, es fiel mir auf, dass ich allein hier war, meinen Eltern hätte es in dieser Stadt kaum gefallen, der Frau des Chirurgen fühlte ich mich verbunden, sie ging an einem Stock, ihr Gewicht schien die Gelenke zu belasten, der Chirurg selbst wirkte schlank und sportlich, er schien jede Berührung mit seiner Frau zu vermeiden, der Finanzberater sagte, seine Familie lebe nach wie vor in Ciudad Juarez, ob ich dazu tendiere, mich mit sogenannt schwachen Teilen der Gesellschaft zu solidarisieren, weil sie für mich selbst keine Bedrohung darstellten, nein.

Dass diese Erzählungen die Gegenwart betreffen, sagte der Journalist, müsse dringend schriftlich festgehalten werden, es handle sich dabei um einen zentralen Punkt.

Gegenwärtig, sagte der Student, beschäftigt mich die Frage, was es heißt, wenn über eine Person gewaltsam verfügt wird, wenn also Hand angelegt wird an einen Körper, wenn eine Person in Gewahrsam genommen wird, wenn eine Überlegenheit an einem Körper so öffentlich demonstriert, wenn am eigenen Körper die Person sozusagen davongeschleppt wird, wenn jemand festgehalten wird über kurz oder lang. Diesen Zugriff kann ich nur schlecht ertragen, aber er interessiert mich zugleich über alle Maßen, geradezu gierig wohne ich solchen Szenen bei, und mein eigener Körper tritt in diesen Momenten in den Hintergrund, verliert sein ganzes Gewicht für einen Augenblick, hebt sich endlich geradezu auf angesichts der Geschehnisse, im U-Bahn-hof Alexanderplatz in Berlin überwältigen vier Angestellte des Sicherheitsdienstes einen Betrunkenen und lassen nicht los, bis er sich ganz reglos ergeben hat, in einem Basler Museum zeigt eine unscharfe Filmaufnahme einen Mann, der zur Guillotine geführt wird, der Verurteilte legt sich auf die Bank, Sekunden später springt der Kopf von seinem Hals, und die Filmschlaufe beginnt von vorn, nahe der Reuss in Luzern wird der Festgenommene in eine Nebenstraße gezerrt und liegt dann auf dem Asphalt, während in der Küche das Wasser kocht, dann der Tee aufgebrüht und zur Hälfte getrunken wird.

Als ich, sagte der Logistiker, das nächste Mal mit meiner Schwester sprach, hörte ich nervöse Stimmen im Hintergrund, ich klammerte mich fest am Telefon, wach nach wie vor, und als ich fragte, wem diese Stimmen gehörten und was sie erzählten, sagte Esther nur, dies sei eine wahre Geschichte, und näherte sich mit dem Hörer dem TV, bis ich plötzlich jedes Wort verstand, Reporter: Here we are in Zurich, Switzerland. As you can see, African Mirror TV is closely following up what is going on about this our brother who died while waiting to be deported to Nigeria on Wednesday, Reporterin: We are now at the Nigerian embassy. A closed-door meeting has just been held with Nigerian delegates, the official Nigerian delegate, Nigerians living in

Switzerland and some of the strong Nigerian organisations. Regarding the situation that is going on now – can you please tell us: What is your own personal reaction to this? Ich selbst, sagte der Logistiker, ging derweil wieder durch die Wohnung, ganz irr an den Menschen vorbei, die in der Küche standen, im Wohnzimmer saßen und warteten, Antwort: Well, my first reaction was that of sadness and disappointment. When we got these news, late on Wednesday evening, we were taken aback, because we did not believe that in this century the police was to use force and violence on a man that has undergone some days of hungerstrike, who, by all measures, has no strength in him, dies sei das Ende des Berichts, sagte Esther, und sowieso müsse sie nun los, aber ich hörte ganz genau, sagte der Logistiker, es wurde nach wie vor gesprochen im Hintergrund, da stand ich mit dem Hörer am Ohr.

Fortunat saß am Fenster und sagte: Bereits als ich acht oder neun Jahre alt war, habe ich mich für ein Mädchen interessiert, ich kann heute nicht sagen, welcher Art dieses Interesse war, ihr Name war Pia, ich erinnere mich an eine große Aufregung, die ich spürte, als ich einmal sah, wie sie im Winter auf dem Rücken eines Jungen kniete und dessen Kopf mit beiden Händen in den Schnee drückte, der Junge lag danach noch lange Zeit gekrümmt im Schnee und rang keuchend nach Luft, als Kind hatte ich bereits Gedanken, die stets eine Form von Gewalt beinhalteten und mich reizten, diese Gedanken waren aber so weit entfernt von ihrer Formulierung, dass ich nie über ihre Bedeutung nachdachte oder eine Konsequenz daraus zog. Meine Haut, sagte John, reagiert sehr empfindlich auf Tageslicht in dieser Stadt. Und auch in Rio de Janeiro konnte ich es an manchen

Tagen nicht mehr als eine halbe Stunde in der Sonne aushalten. Sie sei bereits als Kind größer und schwerer gewesen als die meisten in ihrem Alter, sagte die Übersetzerin, sie habe ihren Körper stets skeptisch beobachtet, das habe sich auch später nicht geändert, aber einen besonderen Zugang zur Sprache ermöglicht.

Er habe eine weitere Notiz gefunden, sagte Fortunat Boll, sie betreffe den bereits erwähnten Logistiker, der Mann, neunundzwanzig Jahre alt, habe bis im Dezember vergangenen Jahres in der Abteilung Seefracht-Import eines in der Stadt ansässigen Transportunternehmens gearbeitet. Er habe das Dach der Liegenschaft Elsässerstraße 257 in den Morgenstunden betreten und sich anschließend geweigert, dasselbe wieder zu verlassen, außerdem Ziegel und seine eigenen Schuhe auf Passanten und Grenzgänger geworfen und zeitweise seinen Oberkörper entblößt. Man habe versucht, den Mann wach zu halten, damit er nicht vor Müdigkeit vom Dach falle, so der Einsatzleiter der Feuerwehr. Abschließende Gewissheit darüber, ob der Mann absichtlich gesprungen oder versehentlich gestürzt sei, gebe es zurzeit nicht. Es sei ein unvermittelter Fall gewesen, eine Justierung des Sprungkissens in diesem Moment nicht mehr möglich. Nein, die Person habe kein Wort gesagt.
Fortunat warf einen Blick auf die Pflanzen auf dem Fensterbrett, deren Blätter still vibrierten in der warmen Luft. Hier herrschen annähernd tropische Verhältnisse, sagte er, in Los Angeles und Las Vegas ist die Hitze trocken, heiße Luft umfängt einen, in Griechenland blieb mir einmal nur die Fahrt übers Mittelmeer, um der Wärme zu entkommen, in den Wintermonaten ist es in Dallas weder warm noch kalt, allerdings blühen in den Gärten

schon einige Pflanzen. Die Frau des Chirurgen war im Verlauf des Abends immer stiller geworden, sie strich sich ab und zu mit einem Taschentuch über die Oberlippe und nahm eines der Häppchen zu sich, die der Chirurg mit einer verschwenderischen Handbewegung bestellt hatte, ohne die Erläuterungen des Kellners abzuwarten, die Finanzberater stellten mir einige Fragen zur Literatur und empfahlen mir die Bücher von Ayn Rand, als ich sagte, ich hätte während meines Studiums Karl Marx gelesen, lachten sie freundlich, seine Mutter sei als Balletttänzerin weit gereist, sagte der jüngere der beiden, selbst sei er an der Grenze zu Mexiko aufgewachsen, Ciudad Juarez, sagte er, er bringe mich jetzt an einen besonderen Ort, hatte der Chirurg im Auto gesagt, solche Ankündigungen machen mich nervös aus mehreren Gründen, der Chirurg hatte den Wagen Richtung Zentrum gesteuert und dann am Bahnhofsgebäude vorbei, das ich von Weitem schon erkannte, der Chirurg verdammte die Sonne, die in diesem Moment unterging, Sie müssen den Untergang von oben sehen, sagte er und wies auf die Spitze des Turms, an dessen Fuß wir standen, bei dieser Bewegung seines Armes klirrten die Glieder seiner Uhr leise, ich sagte kein Wort, die Frau des Chirurgen ging langsam hinter uns her zu den Aufzügen.

Die Schriftstellerin sagte, sie sei im Winter vor zwei Jahren einer Einladung in die Schweiz gefolgt, und bald nachdem der Zug die Grenze beim Badischen Bahnhof in Basel passiert habe, sei Schnee aufs heftigste gefallen. Auf einer langen Geraden habe sich vor dem Fenster alles aufgelöst, die verschneite Ebene, der helle Nebel vor dem ebenso hellen Hintergrund, der Horizont sei dabei ganz verschwunden, nur ein- oder zweimal sei ein etwas schiefer Baum aus diesem Schneeraum aufgetaucht. Sie selbst habe sich zufrieden gefühlt in diesem beheizten Waggon, der sie direkt nach Olten brachte, wo sie einen weiteren Zug Richtung Gotthard bestieg. Im Gegensatz dazu habe sie die Vorstellung, sich zum Beispiel in Los Angeles für immer niederzulassen, beunruhigt.

Aber kein Wunder, sagte der Student, unter der Stadt Los Angeles befinden sich zahlreiche Gräben, unzählige kleine Erschütterungen finden Tag und Nacht statt.

Vor zwei Jahren, sagte A. L. Erika, lernte ich in einem Wiener Hotel eine Gruppe von Geophysikern aus Botswana kennen, zu Beginn erwähnten die Männer nur, sie seien Ingenieure und besuchten einen Kongress, später erklärte einer von ihnen, sie studierten sowohl das Erdinnere als auch die Oberfläche der Erde, er selbst habe zuletzt eine Arbeit verfasst über die Struktur der Erdkruste des Kaapvaal-Kratons, an seiner Tasche hing ein Ausweis mit Foto, der ihn als Teilnehmer einer UN-Expertenkonferenz auswies. Am frühen Abend ließ dieser Wissenschaftler mir durch die Rezeptionistin eine Nachricht zukommen, er habe das Hotel gewechselt und befinde sich nun im Novotel Wien Messe-Hotel, Zimmer Nummer 720, rufen Sie mich heute Abend an, schrieb er, falls Sie Zeit haben.

Mit einer so unsicheren Landschaft wie der kalifornischen war ich nicht vertraut, bis ich die Schweiz verließ, fuhr Fortunat fort, seine Tochter habe in der Schweiz studiert, hatte der Chirurg an jenem Abend gesagt, als wir den Untergang der Sonne glücklicherweise verpassten, Sie müssen den Untergang von oben sehen, hatte der Chirurg immer wieder gesagt, wahrscheinlich haben Sie nie davon gehört, aber an dieser Stelle hier ließen sich einst einige Europäer nieder, erklärte er, mit dem Ansinnen nämlich, eine Gesellschaft zu gründen, die sich nicht an kapitalistischen Prinzipien orientiere, der Finanzberater sagte, er habe die Literatur des magischen Realismus mit Begeisterung gelesen, natürlich sei das Vorhaben dieser sogenannten Kolonisten gescheitert, sagte der Chirurg, seine Frau strich sich mit ihrem Taschentuch über die Stirn und machte einen erschöpften Eindruck, wir verließen den Turm, ich hatte nur auf Aufforderung hin ab und zu etwas gesagt, wir stiegen in das Auto und fuhren einige Minuten lang durch die Stadt, Dallas, zu einem Restaurant, zwei Kellner trugen auf ein Zeichen des Chirurgen hin eine kleine hölzerne Barke herbei, die mit Sushi gefüllt war, der Aal sei besonders gut, sagte der eine Finanzberater, das Licht war gedämpft und warf tiefe Schatten auf die Gesichter dieser Gesellschaft, ein weiteres, jüngeres Paar war im Restaurant dazugestoßen, der Mann hatte kaum Haare aufgrund einer Krebserkrankung, die Frau des Chirurgen fragte unvermittelt nach meinem Familiennamen, Boll, sagte ich, mein Name ist Boll.

Ein weiteres Phänomen, das er in Kalifornien hin und wieder beobachtet habe, sagte der Student, sei ein exakter Kreis, der sich in einem Abstand von zweiundzwanzig Grad um die Sonne bilde, man spreche dabei von einem sogenannten Halo.

Die Schriftstellerin sagte, sie habe im Winter vor zwei Jahren außerdem den Jahreswechsel in der Schweiz verbracht, und so habe das neue Jahr begonnen, sagte sie: Am 1. Januar wachte ich gegen fünf Uhr morgens auf, als draußen eine Frau schrie, die Frau schrie *nein, nein,* so, dass ich aufstand und erst aus dem falschen Fenster, das nämlich den Platz überblickte, schaute und keinen Menschen sah, aber weiterhin hörte ich die Frau ganz in der Nähe schreien, sodass ich auch noch aus dem zweiten Fenster schaute, das der relativ steil abfallenden Einfahrt in die Straße zugewandt war, dort sah ich die Frau, die schrie, oder vielmehr eine Gestalt, die auf der Straße lag, sie trug einen schwarzen Wintermantel mit einem Gürtel um die Taille, soviel erkannte ich, es war noch nicht hell geworden, auf ihr kniete ein Mann, den ich nur von hinten sah, er packte die Frau dann an ihren Armen und zog sie auf dem Asphalt in die Richtung des Platzes am unteren Ende der Einfahrt, es schien ihn keine große Anstrengung zu kosten, er hob ihren Körper dann leicht vom Boden auf und drückte sie gegen eine der Betonstufen, die den Platz umgaben, der Kopf und der Rücken der Frau lagen nun auf dieser Stufe, ihr Körper stark nach hinten gebeugt, der Mann schien sich mit großem Gewicht auf ihren Brustkorb zu stützen, die Frau schrie, *nein, nein,* versuchte ihr Becken in die Luft zu stemmen, um nicht gegen die Kante der Betonstufe gedrückt zu werden, der Mann, der eine Kopfbedeckung und eine helle Hose trug, ließ von ihr ab und schrie ebenfalls, und als die Frau versuchte aufzustehen, stieß er sie mit beiden Händen gegen die Brust, sodass sie wieder auf die Stufe fiel, ich hatte das Fenster geöffnet, einige Fußgänger gingen am oberen Ende der Einfahrt vorbei, die Frau entwischte und rannte auf das steile Straßenstück zu, aber der Mann hatte sie mit wenigen Schritten eingeholt, er schrie, die Frau lag vor ihm auf dem Asphalt und schützte mit den Händen ihr Gesicht, der Mann sagte einen letzten Satz und wandte sich dann plötzlich ab, folgte dem Straßenverlauf mit schnellen Schritten, die Frau blieb einen Augenblick lang liegen, dann stand sie auf, sie nahm ihre Tasche, die ich erst jetzt überhaupt sah, rannte die Einfahrt hoch, so schnell, schien mir, wie sie konnte, und bog links in die Hauptstraße ein, ich, sagte die Schriftstellerin, ging zum zweiten Fenster, das den Platz und den weiteren Straßenverlauf überblickte, und sah den Mann, der sich erst noch entfernte, aber dann plötzlich kehrtmachte, er kam langsam auf den Platz zu, und erst als er diesen und die Einfahrt wieder überblickte und erkannte, dass die Frau verschwunden war, dass die Frau wider Erwarten nicht auf ihn gewartet hatte, begann er zu rennen, er rannte in hohem Tempo die Einfahrt hoch und verschwand ebenfalls auf der Hauptstraße, nur einen Moment später hörte ich die Stimme einer Frau, die in einiger Entfernung wiederholt *abre la puerta* rief, ich war mir nicht sicher, ob es sich bei der Stimme um diejenige der betreffenden Frau handelte.

Er habe vielleicht, sagte Fortunat an dieser Stelle der Geschichte, die Erzählung über Pia falsch in Erinnerung gehabt, bereits als er acht oder neun Jahre alt war, habe er sich für ein Mädchen interessiert, ihr Name sei Pia gewesen. Ich erinnere mich, erklärte Fortunat, an eine große Aufregung, die ich spürte, als ich einmal sah, wie ein Junge auf ihrem Rücken kniete und ihren Kopf mit beiden Händen in den Schnee drückte, sodass sie wie eine Ertrinkende nach Luft rang, danach lag sie noch lange Zeit gekrümmt im Schnee und atmete heftig, die Kälte hatte ihr Gesicht tiefrot gefärbt. Als Kind hatte ich bereits Gedanken, die eine Form der Gewalt beinhalteten, im wirklichen Leben hätte ich diese Gewalt nie einer Person zugefügt. Während meiner Reise in Texas sprach mich im Verlauf des Abends der an Krebs erkrankte Mann an, vielleicht, sagte dieser, haben Sie von jenem Plan gehört, der einst einige Männer und Frauen aus Europa nach Dallas verschlagen hat, die kleine Barke hatte sich kaum geleert, der Chirurg wies mich hin und wieder mit seinen Stäbchen auf diese oder jene besondere Spezialität hin, den Aal, den Honiglachs, ich aß langsam, hinter dem Tresen arbeiteten die Sushi-Köche im gedämpften Licht, die Frau des Chirurgen hatte den Raum verlassen, ich nickte, ja, ich habe davon gehört. Der Krebskranke lächelte, man sagt, die Leute hätten nicht mit dem trockenen Klima gerechnet und sie hätten nicht über die nötigen handwerklichen Fertigkeiten verfügt, ich glaube aber, sagte er und warf einen kurzen Blick in die Runde, das ist zu kurz gegriffen, das Scheitern des Vorhabens musste zwingend eintreten, der Chirurg füllte mein Glas erneut mit Wein, das Scheitern, sagte der Krebskranke, wohnte der Idee bereits inne, ich nickte und schwieg, mein Vater hatte sich jahrelang um die Bienen gesorgt, er pflegte die Völker mit großer Aufmerksamkeit, war das Brutbild in den Waben einmal lückenhaft, befiel ihn eine große Sorge um die Tiere, der Bieneninspektor bestätigte den Befall der Völker schließlich ohne Zögern.

Die Zellen waren in diesem letzten Jahr nur zum Teil verdeckelt, sagte Fortunats Vater, einige Larven waren gelblich verfärbt.

Der Chirurg, so Fortunat, fuhr mich zum Haus meiner Gastgeber zurück, seine Frau sprach auf der ganzen Rückfahrt kein Wort mehr, im Wohnzimmer erwartete mich das Ehepaar, das mir Unterkunft gewährte, beide lachten sie freundlich und erwähnten, sie hätten bereits einige Gläser Wein getrunken, der Ehemann sagte, er würde zum Abschied Enchiladas zubereiten, er ging zum Cheminée und nahm eine Fotografie vom Sims, das ursprüngliche Schwarz hatte sich blau verfärbt, vor einer weißen Mauer im offensichtlich gleißenden Mittagslicht waren zwei Männer auf weißen Pferden zu sehen, sie trugen gewebte Decken über den Schultern, ein Junge stand am Bildrand in Gesellschaft weiterer Tiere, das sei er selbst, so mein Gastgeber, vor der erstmaligen Überquerung der Grenze, in Mexiko, am nächsten Morgen führte mich das Ehepaar zum Frühstück aus, der Mann hatte in Dallas erfolgreich die Niederlassung einer großen Versicherung gegründet, beim Frühstück nickte er einigen weiteren Gästen zu, ich aß ein Eiergericht mit dem Namen Eggs Benedict, meine Gastgeberin nahm aus gesundheitlichen Gründen nur das Eiweiß zu sich, mein Gastgeber, der als Kind den Umgang mit Tieren gelernt hatte, erzählte, der Chirurg habe kürzlich seine Hausangestellte entlassen, nachdem er erfahren habe, dass diese seine alten Hemden aus der Kleidersammlung genommen und zu Bekannten nach Mexiko geschickt habe.

Die Schriftstellerin sagte, das sei nun allerdings keine Überraschung, der Student aus Glendale faltete seine Serviette zu einem Fächer, er sei seit langer Zeit überhaupt nicht überrascht worden. Im Frühjahr vor sechs Jahren habe er einmal eine Wohnung betreten, die sich im Erdgeschoss eines windigen Hauses befunden habe, dort hätten sich unvermittelt Leute aus ganz unterschiedlichen Zusammenhängen eingefunden und sich zu leiser Musik unterhalten, auf jedem Tisch in dieser Wohnung, die vielmehr als Gaststube zu bezeichnen gewesen wäre, habe sich aber auch eine Schreibmaschine befunden, und ohne viel Aufhebens hätten sich einige Gäste vor diese Geräte gesetzt, bis sie wiederum abgelöst wurden von neu hinzugekommenen, kurz vor Mitternacht sei dann aber einer der Gäste auf einen Stuhl gestiegen, er habe den Bogen aus der Schreibmaschine gerissen und mit leichtem Akzent den eben verfassten Text vorgelesen, dabei sei er nach einiger Zeit in eine Art Taumel verfallen und mit dem Kopf immer wieder an die Lampe gestoßen, die in seiner Nähe von der Decke hing, dies alles habe ihn überrascht, eine weitere Überraschung sei die Feststellung gewesen, dass das Leben tatsächlich kurz sei und reichlich Gelegenheit biete, ungenutzte Möglichkeiten zu bedauern, seine Eltern hätten darüber nie gesprochen. Esther sagte, sie habe auf einer Reise zwei Nächte in Mumbai verbracht, dort sei sie am zweiten Tag den Weg zur Haji-Ali-Moschee gegangen, auf dem Steg, auf dem sich Händler und Pilger und Sänger tummelten, habe sie einen Mann gesehen, der, in ein weißes Tuch gehüllt, auf einem Stoffballen saß, der linke Fuß dieses Mannes sei unglaublich groß und ledrig gewesen und habe sie an den Fuß eines Tieres erinnert, beim Anblick dieses Fußes habe sie, Esther, eine solche Vielzahl von überraschenden Gefühlen befallen, dass sie in all den Jahren seit ihrer Indienreise kein Wort darüber verloren habe. Mutter Boll sagte, sie sei als junge Frau nach Zürich gezogen und erinnere sich genau an ihren ersten Winter in der Stadt. Zu dieser Zeit habe sie einmal kurz nach Mitternacht ein Tanzlokal verlassen und sei auf dem Gehsteig ganz unvorbereitet ausgerutscht und gefallen, sie sei so überrascht gewesen, sich selbst in aller Öffentlichkeit auf diese Weise abhandenzukommen, dass sie keinen Schmerz wahrgenommen habe, hingegen habe sie sich danach selbst vor ihrem inneren Auge immer wieder fallen sehen, als hätte sie nur dabeigestanden, und noch heute sehe sie diesen Fall genau vor ihren Augen. Eine Person, die stolpert und fällt, sagte der Student aus Glendale, verliert die Herrschaft über sich selbst und wird zu einem Objekt. Übrigens, fuhr er fort, habe er zu Fortunats Thema ein weiteres Zitat gefunden, Juni 1926: *Die Kolonie, die den Versuch darstellte, die in Frankreich zu jener Zeit gängige Theorie, dass der Kommunismus den besten Zustand der Gesellschaft erzeuge, in die Praxis umzusetzen, scheiterte; ob aber ein Fehler in der Theorie ausschlaggebend war oder wichtige Bedingungen zum Erfolg nicht gegeben waren, kann ich selbst nicht sagen.* John sagte, er fühle sich von der Erzählung Frau Bolls an seinen eigenen Sturz erinnert, als ihn im Stadtpark ein plötzlicher Schwindel befallen habe und er erst im Schnee wieder aufgewacht sei, in einer Hand habe er noch den Bratschenkoffer gehalten, es sei still gewesen und er habe die Entfernung zwischen sich und den Himmelskörpern nicht länger einschätzen können.

Meine Verfassung verschlechterte sich zusehends, sagte der Logistiker, noch immer schlief ich nicht, Demonstrationen fanden statt, Gebäude wurden erweitert, ein Schwimmer hatte sich weit von der Küste entfernt, es stieg weißer Dampf aus den Röhren der Shedhalle, die Grenzgänger waren unterwegs, Geld wurde gewechselt und Ware verzollt, eine Person wurde in eine Kabine gebeten, darin ihr Körper untersucht, ich wusste weder aus noch ein, war müde, aber schlief nicht, nein, das Kind mit der Flöte ging mir auf den Geist, je schneller die Tage vergingen, desto länger wurden sie, und das Licht drängte sich gewaltig unter die Lider, die ich so weit wie möglich geschlossen hielt. Der Journalist rief an und sagte, er habe sich zuletzt intensiv mit dem eigenen Körper befasst, dort fange alles an, sagte er, sein Verhältnis zum eigenen Körper sei schon in der Jugend kompliziert gewesen, er habe sich stets als unförmig und unpassend empfunden, der Journalist holte Luft, mit folgender Idee werde er sich in der Zukunft auseinandersetzen: dass auch ich, dass alle hier keineswegs heimisch seien, er schwieg und verabschiedete sich dann mit der Bemerkung, er habe einen interessanten Band mit Aufsätzen zu lesen begonnen, in dem ebenfalls von den Bienen die Sprache sei, allerdings glaube er der Verfasserin zuweilen kein Wort. Ich, sagte der Logistiker, ging selbst durch die Zimmer und schlug einige Bücher auf, im Fernseher war wieder der gleißende Sand von Djerba zu sehen, der warf ein helles Licht um sich, ich ging vorbei an den Schlafenden, sie ruhten sich aus, hatten zuvor einige Meerengen und Flussarme überquert, eine Tiefebene durchschritten und ruhten sich nun aus, es sei aber alles viel handfester, als es dargestellt werde, hatte der Journalist bei seinem letzten Anruf außerdem gesagt, es handle sich ja um gewöhnliche Menschen, dies sei ja der große Fehler, der stets begangen werde, mittlerweile könne sich kaum einer noch etwas vorstellen unter diesen zugereisten Personen, dabei säßen einige von ihnen in diesem Moment im zweiten Obergeschoss eines Hauses unweit dieser oder jener Stadt und tränken Coca-Cola und studierten die Zeitungen oder das Rechnen mit Brüchen und seien keineswegs verstimmt. Das ständige Gespräch über die sogenannten Fremden sei knifflig, sagte er. So habe er zum Beispiel einst einen Bekannten in der Basler Vogesenstraße besucht, dieser Bekannte sei am Horn von Afrika aufgewachsen, als sie zusammen das Haus in der Vogesenstraße verlassen hätten, um zur Bibliothek zu spazieren, sei ihm unter der Hecke zur Straße hin eine Kokosnuss aufgefallen, die dort lag, und natürlich habe er, als er diese seltsame Frucht, diese Nuss, unter der Basler Hecke entdeckte, sofort den Schluss gezogen, diese Kokosnuss stehe in einem Zusammenhang mit seinem Freund oder der Anblick derselben müsse dem Freund zumindest etwas bedeuten, er habe also nur lachend auf die Kokosnuss hingewiesen, der Freund habe derselben aber nur einen kurzen Blick geschenkt und sei dann mit einem Schulterzucken weitergegangen.

Ich, sagte der Logistiker, fand mich immer wieder vor dem Ofen ein, wo das kleine Licht beruhigend schien, ich sagte mir wiederholt, es handle sich bei alldem nur um eine Einbildung, die mir selbst entsprang, auch bei den Gestalten in meiner Nachbarschaft, aber es trat keine Veränderung ein, die Schlafgänger brauchten ihre Ruhe, keine Frage, ich verübelte es ihnen nicht. Nun kann ich nicht von ihnen sprechen, ohne von mir selbst zu sprechen, und von mir kann ich nicht sprechen, ohne die Anwesenheit der anderen zu erwähnen, obwohl meine Situation sich gänzlich von der ihren unterschied, stand meine Unruhe doch in einem Zusammenhang mit ihrer Anwesenheit, mit meiner Beschäftigung als Logistiker, Import und Export, mit der Reise meiner Großmutter auf einem Kreuzfahrtschiff nach Nigeria, wo sie, das beweisen Fotos, von Bord ging, alles stand in einem Zusammenhang mit den Schlafgängern dieser Zeit.

Diese Art von Erzählung, sagte die Übersetzerin, läuft Gefahr, die erwähnten Schlafgänger erneut auf einen Platz zu verweisen, der sich irgendwo, aber keinesfalls hier befindet, du hast nur ein neues Wort gefunden für die Flüchtlinge, aber im Schlaf haben diese, so scheint es, keine Stimmen und keinen klaren Verstand. Irrtum!, rief die Schriftstellerin, die Schlafgänger schlafen nicht, sie sind im Gegenteil immerzu wach, finden zumindest kaum Schlaf auf der gemieteten Bettstatt. Zudem, sagte der Student, handelt es sich dabei um bildhafte Rede, die uns etwas aufzeigen will, tatsächlich hat der Logistiker ja nie ein solches Gespenst gesehen, das sich eben dadurch auszeichnet, dass es

86

ganz unsichtbar ist. Aber doch, rief A. L. Erika, Sie selbst, mein Freund, haben sich doch auf das Gedicht von den Schlafenden berufen, deren Körper ganz deutlich zu sehen sind. Der Schlaf ist allen gemeinsam, sagte der Student, wir sind ganz gleich, wenn wir schlafen, aber unsere Umstände sind es nicht, das besagt das Gedicht des Dichters aus New York, und nur der Logistiker, der niemals mehr schläft, wird seinen Körper auch des Nachts nicht los, neigt sich aus diesem Grund schon dem Wahnsinn zu, geht durch die nächtlichen Städte und sieht die Schlafenden all all überall. Der Schlaf sei eine anthropologische Konstante, rief die Schriftstellerin. Aber ist es nicht im Grunde unheimlich, einen schlafenden Menschen zu sehen?, fragte Esther und warf John einen Blick zu. Ich versichere Ihnen, sagte der Student, in meinem ganzen Leben kein Gespenst gesehen zu haben, höchstens erlebte ich Momente und Umstände, die sich in meiner Erinnerung als gespenstisch darstellen, so fuhr ich mit fünfzehn Jahren einmal vom Haus eines Freundes mit dem Fahrrad nach Hause, die Strecke führte auf einem gewundenen Weg über eine Anhöhe in den Nachbarort, dieser Weg stieg im ersten Drittel so steil an, dass ich ihn nur mit äußerster Anstrengung zurücklegen konnte, ohne vom Fahrrad zu steigen, es war bereits spät, die Nacht war zudem fast ohne Licht, und ich konnte die seitlichen Begrenzungen des Weges nur schwer erkennen, als plötzlich unmittelbar vor mir die Umrisse einer Gestalt auftauchten, die sich langsam in meine Richtung bewegte und unheimliche Kadenzen pfiff, ich fürchtete mich sehr, um es direkt zu sagen, aber ich fuhr weiter, an dieser leicht schwankenden Person vorbei, und hatte bald den höchsten Punkt des Weges erreicht und sah die Lichter des Ortes.
Über den Schlaf, sagte Fortunat, schreibe Bebi Suso Folgendes,

Zitat: *Auf einer längeren Reise, die zeitweise sehr beschwerlich war, die über einige heikle Grate führte, wenn man so sagen will, und die wir größtenteils zu Fuß zurücklegten, die auch dem Lauf einiger Gewässer folgte, bis wir sie schließlich an geeigneter Stelle durchquerten, die auch einige Anstiege verzeichnete, die wir, mein Vater und ich, langsam bewältigten, mein Vater ging stets ein paar Schritte hinter mir, als übertrage er mir die Aufgabe, uns anzuführen, auf dieser Reise schlief ich stets im selben Raum wie mein Vater, und nachdem ich mich an sein lautes Schnaufen gewöhnt hatte, das nachts in unregelmäßigen Intervallen lauter und wieder leise wurde, bemerkte ich in einer Nacht mit großer Angst, dass dieses kratzende Schnaufen nicht mehr zu hören war, ich konnte den Körper meines Vaters in der Dunkelheit kaum erkennen, es herrschte völlige Stille im Raum, mein Vater hatte mir den Rücken zugewandt und ich konnte keine Regung des Körpers erkennen, sodass ich davon ausgehen musste, mein Vater liege tot neben mir, ich wagte es in diesem Moment nicht, ihn zu berühren, wir waren auf dieser Reise aus unseren Rollen gefallen, ich war augenscheinlich keine Tochter mehr, und dieser Mann war etwas anderes als ein Vater geworden, also entschloss ich mich, ihn anzusprechen, ich sprach laut seinen Namen in den dunklen Raum, ich sprach ihn, den ich für tot hielt, mit seinem Vornamen an, den ich bisher kaum verwendet hatte, weil ich ihn immer als Vater ansprach, in diesem Moment drehte er sich zu mir um und fragte, was geschehen sei, wieso?, fragte ich, was soll geschehen sein, und beide schliefen wir wieder ein.*

Bis heute, sagte die Schriftstellerin, sei der Schlaf ja bekanntterweise nicht ganz erklärt und nach wie vor unabwendbar. Diese Ausführungen erinnerten ihn an Johns winterlichen Sturz im Stadtpark, sagte der Logistiker, denn in der Ohnmacht und im

Sturz werde eine Entfernung vom Körper ja in aller Deutlichkeit erfahren.

Wenn ich nun sage, fuhr der Student am Nachmittag fort, dass mir mein eigener Körper nicht behagt, so ließen sich daraus einige Schlüsse ziehen, ich müsste diese Stellen des Körpers und ihre Mängel zur Veranschaulichung benennen, ich müsste ein solches Bild zeichnen aller physischen Male und Zonen, die ich ohne zu zögern aufzählen könnte, weil sie mich beschäftigen, seit mir der eigene Körper zum ersten Mal aufgefallen ist, es ist ein ungenügender Körper, dessen Entwicklung sich mir entzieht, ich bin oft unglücklich darüber und in Wahrheit gänzlich besessen von der Beschäftigung mit demselben, während meiner Studienzeit trug ich stets einen Mantel, den ich auch in gut geheizten Räumen nicht auszog, das war ein Versuch, den Körper behelfsmäßig unter Verschluss zu halten. Es wurde mir stets bedeutet, der Körper sei als Arbeitsgerät zu pflegen, er sei tatsächlich mein Kapital, und nur dem gesunden Körper entspringe außerdem der gescheite Gedanke, dieser mein Körper wurde schon in der Kindheit im Vergleich zu den anderen aufgestellt und ausgemessen, es war mir die alleinige Verantwortung aufgetragen für seinen Zustand und seine Funktion, ein umfassendes, ein ungeschriebenes, quasi religiöses Regelwerk schien es dazu zu geben, sich einen so tauglichen Körper zu halten.

Zu einem gewissen Zeitpunkt fühlte ich alle möglichen Krankheiten sich in mir entwickeln, ich war schließlich überzeugt, es hätte sich im Bereich meiner Lenden ein Tumor entwickelt, und nachdem ich die Entwicklung dieses Leidens viele Wochen lang beobachtet und Fachliteratur dazu studiert, mich aber nicht zum Arzt begeben hatte, beschloss ich an Pfingsten des betreffenden Jahres, es handle sich nun um einen Notfall und ich müsse auf der Stelle behandelt werden. Ich ging also zum nächstgelegenen Krankenhaus, das an diesem Feiertag verlassen wirkte, ich betrat das Foyer des Gebäudes, und obwohl ich zuvor während vieler Jahre jeden Besuch bei einem Arzt vermieden hatte, war ich nun der Überzeugung, ich müsse sofort untersucht werden. In einer Kabine saß die Pförtnerin und erkundigte sich nach meinem Anliegen, das ich zu schildern versuchte, ohne zu wissen, wie spezifisch meine Beschreibung ausfallen sollte. Das Vornehmen einer solchen Abklärung, sagte die Pförtnerin, sei an einem Feiertag wie diesem natürlich nicht möglich, und sie schloss das Fenster ihrer Pforte, die ganz in Glas gehalten war. Dabei, fuhr der Student fort, hatte ich keine Angst zu sterben, vielmehr fürchtete ich mich vor einer Entwicklung innerhalb des Körpers, von der ich nichts wusste, vor einem Vorgang, der nicht aufzuhalten war. In diesen Jahren machte ich oft die unerwartete Erfahrung, dass ihrerseits ganz makellos und gesund scheinende Personen mir nach einiger Zeit, bei einer zufälligen Gelegenheit, erzählten, ihr Körper habe früher anders ausgesehen, in ihrer Jugend seien sie unförmig oder fettleibig gewesen, sagten sie oder wiesen auf andere Unzulänglichkeiten hin, bei anderen sah ich, dass sie ihren Körpern selbst Verletzungen der einen oder anderen Art zugefügt hatten und gewisse Narben wie blassen Schmuck um die Unterarme trugen. Ich selbst untersuchte meinen Körper auch später immer wieder, große Teile davon konnte ich nur mit der Hilfe eines Spiegels sehen und kannte sie so nur als Abbildung, sie waren mir regelrecht fremd, sie schockierten und beunruhigten mich weitaus mehr als die direkt sichtbaren Teile des Körpers.

Der Journalist sagte, er deute diese Erzählung des Studenten so, dass das Fremde also an dieser Stelle des eigenen Körpers beginne, und er pflichte ihm darin bei, auch er hege gewisse Vorbehalte seinem Körper gegenüber. Aber gleichzeitig, sagte der Journalist, verliere man durch die Konzentration auf die so einzelnen Körper, durch die Beschwörung des eigenen Fremden, womöglich die größeren Zusammenhänge aus dem Blick, diese seien ökonomisch und komplex.

Der Student nickte und zog sich zurück, aber das Leib-Seele-Problem sei noch nicht gelöst, sagte er, als er über die Türschwelle ging.

Als ich gestern den Raum verließ, sagte die Übersetzerin, und gleich darauf mein Zimmer erreichte, riss ich den Fensterflügel auf und legte mich hin. So verbrachte ich den restlichen Tag im Zustand der Dämmerung, ohne etwas zu tun oder einen klaren Gedanken zu fassen, und schlief schließlich ein, noch bevor das Licht ganz entschwunden war. Ich hörte seltsame Tonfolgen im Traum, glitt im Windschatten einer leise surrenden Drohne durch die Dunkelheit, ich sah dabei, wie sich Teile der Gletscher lösten, wie ein Fluss in seiner engsten Biegung über die Ufer trat, wie dies- und jenseits der Landesgrenze die gleichen Lichter brannten oder erloschen, ich hatte den ganzen Kontinent im Blick. Als ich aufwachte, saß eine Person schweigend auf der Bettkante, vielleicht Sie, Fortunat, oder die Schriftstellerin, nur wenig Licht gelangte noch durch das Fenster in den Raum, diese Person atmete ruhig und konnte nicht wissen, dass ich nicht länger schlief, ihre Umrisse bildeten sich deutlich ab vor meinen Augen, sie saß ganz unbeweglich da und schien nachzudenken. Kurze Zeit später stand sie auf und ging.

Auf einer meiner langen Wanderungen, erzählte A. L. Erika über die Stadt Los Angeles, fand ich mich versehentlich an einer Kreuzung wieder, die mir keine andere Wahl ließ, als am Rand einer Schnellstraße einen langen Tunnel zu durchqueren, dessen Ausgang weit vor mir im Dunkeln lag. Der Gehsteig war schmal und schien eher zur Flucht aus dem Tunnel im Notfall als zur regulären Durchquerung angelegt zu sein, allerdings kamen mir etwa in der Mitte des Tunnels zwei Männer entgegen und gingen wortlos an mir vorbei, die Luft wurde zusehends schlechter, und als ich seine ungefähre Mitte erreichte, drang von keiner Seite mehr natürliches Licht in den Tunnel, einzig die gelblichen Lampen an der Decke und die Scheinwerfer der Autos erleuchteten ihn, später erzählte mir die Schriftstellerin, sie sei aus Neugier durch denselben Tunnel gegangen, und ich verschwieg die Erleichterung, die mich überkommen hatte, als ich wieder ans Tageslicht getreten war. An demselben Tag besuchte ich an der Universität, die südwestlich von Downtown gelegen war, eine Veranstaltung, zu der Rodney King als Gast erwartet wurde, ich hatte mir zuvor Dutzende Male die undeutlichen Videoaufnahmen angesehen, die einen Mann, King, zeigten, der sich im Scheinwerferlicht eines Autos mühsam zu erheben versucht, während er den einen Arm schützend von sich streckt, dann aber wieder in sich zusammensackt, als der Schlagstock des Polizisten ihn trifft, ich hatte die rasche Bewegung der Stöcke durch die Luft verfolgt und jenen Moment des Aufpralls, in dem die Wucht des einzelnen Schlages sich auf den Körper auswirkt, immer wieder studiert, als würde sich mir so etwas erschließen, was nicht auf den ersten Blick sichtbar war, als wohnte ich so dem wirklichen Ereignis bei, während aber am unteren Bildrand die Kamera des Augenzeugen George Holliday das Datum des Tages einblendete, *Mar. 3 1991*.

Ich las mehrere Aufsätze, die eben diese Szene minutiös analysierten, ich las eine Transkription des Films, also eine Übersetzung jeder Bewegung der Beteiligten in Sprache, die Verfasserin eines Aufsatzes schrieb, King stelle in dieser Szene jenen Mann dar, der nicht weiß und aufgrund dieser Tatsache stets potenziell gefährlich sei, mit ihren Stöcken verteidigten sich die Polizisten gegen diese mögliche Gefahr und die vermutete Potenz dieser Figur, mich selbst interessierte die Person des Zeugen, des Betrachters, in diesem Fall George Holliday, ein Einwanderer aus Argentinien. Als King an diesem Tag den fensterlosen Saal der Universität betrat und auf der Bühne vor einem kleinen, rot beleuchteten Palmenarrangement Platz nahm, erhob sich das Publikum und applaudierte, King beantwortete Fragen zu seinem Buch, das den Untertitel *Von der Rebellion zur Erlösung* trägt und sich offenbar zu keinem kleinen Teil mit der Erlösung im christlichen Sinne beschäftigt, er strich sich wiederholt mit der Hand über jenen Wangenknochen, der ihm bei dem Vorfall vor einundzwanzig Jahren gebrochen worden war, was seine Geschichte von der vieler anderer unterscheide, sagte er, sei allein der Umstand, dass George Holliday zufällig eine Videokamera zur Hand gehabt habe, bereits kurze Zeit später verließ er die Bühne wieder, begleitet vom Applaus des Publikums.

Mitten in der Nacht, rief die Übersetzerin, hörte ich auf dem Flur das Lachen der Schriftstellerin und die ernste Stimme Fortunats, die beiden bogen um die Ecke bei den Fahrstühlen, so hörte es sich an, die Schriftstellerin sagte, sie werde jetzt die Imitation einer Tuba zum Besten geben, lachen Sie nur, sagte Fortunat, lachen Sie nur.

Im vergangenen Jahr, sagte die Schriftstellerin, besuchte ich das Gastspiel eines italienischen Ensembles an der Berliner Volksbühne. Das Stück dauerte sehr lange, und die Stimme des älteren Schauspielers, der die Hauptrolle spielte, war in den hinteren Reihen kaum zu hören, was auch er selbst zu bemerken schien, er schwitzte zumindest stark und versuchte, sich stets im vordersten Drittel der Bühne aufzuhalten. Bereits nach der Pause waren einige Zuschauer nicht mehr an ihre Plätze zurückgekehrt, und als das Stück schließlich zu Ende war und der Hauptdarsteller gerade zum zweiten Mal auf die Bühne lief, bemerkte er – das Scheinwerferlicht hatte ihn längst erfasst –, dass das Publikum sich bereits erhoben hatte und den Ausgängen zuströmte, er blieb mitten auf der Bühne stehen, und während er offensichtlich verzweifelt und nach wie vor stark schwitzend über einen Ausweg nachdachte, schloss hinter ihm der Rest des Ensembles in genau jenem Moment auf, als die Lichttechniker das Licht im Saal andrehten und das noch im Raum verbliebene Publikum, das sich an den Türen staute, von der Bühne aus noch deutlicher zu sehen gewesen sein musste. Diese Situation war mir nun so unangenehm geworden, dass ich mich auf den erstbesten Sessel stürzte und mit geschlossenen Augen dort ausharrte, bis ich mir sicher war, dass das gesamte Ensemble verschwunden war.

Nachdem ich mein Studium abgeschlossen hatte, sagte die Übersetzerin, reiste ich nach Europa. Allerdings überquerte ich das Meer zwischen den Kontinenten per Schiff und in Begleitung meiner Germanistik-Professorin, die an außerordentlicher, an immenser Flugangst litt und deshalb die Reise nach Deutschland einmal im Jahr auf dem See- und Landweg unternahm.

Den größten Teil der Überfahrt verbrachte ich in einem kleinen Salon, der sich direkt unterhalb der Brücke befand und mit dunkel lackiertem Holz getäfelt war, dort saß ich tagsüber und las oder unterhielt mich mit den wenigen Passagieren, die sich ebenfalls an Bord des Frachtschiffs befanden, meist nickte ich am frühen Nachmittag in meinem Sessel ein und schlief einige Stunden lang, denn fast jede Nacht lag ich wach in meiner Kabine, die sich mehrere Etagen tief im Bauch des Schiffes befand und von einem intensiven Geruch beherrscht war, dessen Quelle ich während der ganzen Fahrt nicht ausmachen konnte. Die Professorin frühstückte morgens meist ausgiebig und spazierte dann nachmittags mit einigen Passagieren, die ihr bereits von früheren Fahrten bekannt waren, über Deck, sie schien in diesen Tagen ganz gelöst, ja sogar fröhlich zu sein und sich keinerlei Gedanken über mögliche Komplikationen zu machen, obwohl sie sich, als wir an Bord gegangen waren, noch argwöhnisch nach dem Baujahr des Schiffes erkundigt und den Aushang an der Rezeption, der die Fluchtwege für den Notfall erläuterte, genau studiert hatte. Mich hingegen hatten diese Pläne und die Rettungsübung, die wir, kaum war die Küste außer Sichtweite, zusammen mit der Besatzung durchführen mussten, erst darauf aufmerksam gemacht, dass dieses Schiff möglicherweise in einen Sturm geraten, dass es auflaufen könnte, dass es möglicherweise schwache Stellen hatte, dass wir alle nun in diesem Boot festsaßen zwischen den Kontinenten. Abends war ich vor Müdigkeit und Angst oft ganz aufgekratzt und redete ohne Unterlass auf Deutsch auf die Passagiere ein, die ebenfalls an unserem Tisch speisten, gewisse Verhältnisse und Umstände schienen mir plötzlich absolut einzuleuchten, in aller Deutlichkeit zeigten sich mir Zusammenhänge, und auch die deutsche Sprache ging mir leicht über die Lippen, zu dieser Zeit war ich mir sicher, dass diese Einsichten und Veränderungen mit der Fahrt über den Atlantik an sich in Verbindung stehen mussten. Was hat dieses Schiff geladen, rief ich am dritten oder vierten Abend plötzlich aus, und während die Passagiere die Schultern zuckten und meinten, sie wüssten es nicht genau, war ich mir sicher, in diesem Moment einen empfindlichen Punkt getroffen zu haben. Was lässt sich über die Besatzung sagen, fuhr ich fort in meinem Aufruhr, was wissen wir über Herkunft, Alter, Geschlecht der Besatzung, rief ich in die Runde und hinderte mich gerade noch daran, zu verkünden, alles stehe doch in einem Zusammenhang, und mit *alles* sei tatsächlich die ganze Welt gemeint.

Gestern rief ein Bekannter an, warf der Logistiker in diesem Augenblick ein, und fragte, wo ich sei und was ich mache: Der Ort, antwortete ich, sei unerheblich, irgendein Haus. Hast du dich mit Fremden eingelassen?, fragte der Bekannte skeptisch. Nein, nein, erklärte ich, wir stehen alle in einem so oder so gearteten Zusammenhang, wenn auch nicht in einem offensichtlichen.

Erst später an jenem Abend, als ich in der dunklen Kabine stand, fuhr die Übersetzerin fort, und durch das Bullauge auf das schwarze Wasser starrte, das sich zurückzog und wieder gewaltig auftürmte, bemerkte ich, dass ich das Wort Besatzung mit dem Begriff Besetzung verwechselt hatte, dass ich also beim Abendessen wie eine Irre von der Besetzung gesprochen haben musste, als handelte es sich um ein Theaterstück, das hier aufgeführt wurde, und ich lachte vor diesem Bullauge stehend wie verrückt in mich hinein. Noch in derselben Nacht trieb mich der fremde Geruch aus der Kabine und durch die Flure und Gänge des Frachtschiffs, das beständig zitterte und rumorte, und ich setzte mich in die untere Cafeteria, die im Halbdunkel lag, dort nickte ich schließlich ein.

Geht einer durch den Wald, oder ist es eine Frau, an die ich denke?, fragte Herr Boll.

Am nächsten Tag, wir hatten zwei Drittel der Reise hinter uns, erzählte Winnie, die Übersetzerin, las ich die letzten Seiten des einzigen Buches, das mir noch geblieben war, und ich machte mich auf die Suche nach weiteren Büchern.
Frage!, rief die Schriftstellerin, welche Autoren lasen Sie auf diesem Schiff? Ich erinnere mich nur, sagte die Übersetzerin, an die Novelle des Schriftstellers M. Filimon, die im Jahr zuvor erschienen war und eigentlich nichts Weiteres als einen Sommer beschrieb, den der Ich-Erzähler, der ebenfalls den Namen Filimon trug, an einem Strand verbrachte, es handelte sich dabei um die genaue Untersuchung des Übergangs vom Land zum Wasser, dabei klärt der Autor bis zum Schluss nicht auf, ob es sich bei dem beschriebenen Landstrich um einen mediterranen Badestrand oder um eine von Konflikten überschattete Küsten-zone handelt. Das – so meine ich als Übersetzerin – war wohl der eigentliche Kern der Erzählung. Gut möglich außerdem, dass sich unter den Büchern Shakespeares *Hamlet* befand. Who's there?, rief Frau Boll zur richtigen Zeit. Ich bin es nur, sagte der Student, und alle schwiegen wiederum und hörten der Über-setzerin zu, die sagte, sie sei also zur Schiffs-Rezeption gegan-gen, sie habe nämlich gehört, dort könne man neben Postkar-

ten auch andere Dinge kaufen. Und tatsächlich, sagte sie, legte mir die Rezeptionistin eine Liste vor, die fünf Bücher enthielt, drei davon behandelten die Geschichte des Frachtunternehmens, das vierte befasste sich mit dem Hafen von Savannah, Georgia, das fünfte schließlich war eine Publikation mit dem Titel *Searchin'*. Auf meine Frage nach dem Inhalt derselben sagte die Rezeptionistin, sie selbst habe die Schrift nicht gelesen, sie beschreibe ihres Wissens aber die transatlantische Fahrt eines wenig bekannten Künstlers, und sie fügte einige Fachbegriffe an, die wohl den Typus des Bootes des Künstlers näher bezeichnen sollten, mir aber nichts sagten. Aus einer Vitrine, die auch Tassen und Pullover mit dem Schriftzug der Frachtgesellschaft enthielt, nahm die Rezeptionistin ein dünnes Heft und reichte es mir, es sei das letzte Exemplar, sagte sie, sie erinnere sich nicht daran, in den letzten Jahren jemals ein weiteres verkauft zu haben. Allerdings, dies habe ihr eine Kollegin erzählt, sei ein direkter Verwandter des betreffenden Künstlers selbst einmal auf einem Schiff der Gesellschaft von North Carolina nach Bremerhaven gereist.

Tatsächlich, fuhr Winnie fort, enthielt das Heft eine Art Essay, der Leben und Tod des Künstlers Bas Jan Ader behandelte, 1942 im niederländischen Winschoten geboren, war er in den Sechzigerjahren nach Kalifornien gereist, wo er studierte, lehrte und heiratete, in Claremont bei Los Angeles bezog er jenes Haus, das auch in einem seiner kurzen Filme zu sehen war. Eine andere Arbeit, die im Heft zu Teilen reproduziert war, zeigte Ader, wie er nachts durch die Stadt Los Angeles ging, am Rand der mehrspurigen Autostraßen, am Strand, die Fotos waren mit Liedzeilen versehen, *I've been searchin'/searchin'/Oh, yeah, searchin' every which a-way. In Search of the Miraculous* hatte der Künstler auch seine letzte Arbeit, die Überfahrt von Nordamerika nach Europa in einem Boot namens *Ocean Wave*, genannt, eine Fahrt, die er nie zu Ende führte.

Mein Vater spielte die Tuba, sagte Fortunat, er ist tätig auf einem Amt, meine Mutter ist als Verkäuferin, also im Detailhandel, beschäftigt, das Verhältnis zu meinen Eltern hat sich im Lauf der Jahre stetig gebessert, mein Vater spielte die Tuba, die mir sehr gefiel, auch die Klarinette, aus wirtschaftlichen Gründen wagten meine Vorfahren einmal die Fahrt über den Atlantik, wie gesagt, habe ich einige Aufsätze aus jener Zeit gelesen, die die Auswanderung als Mittel zur Verminderung der Armut in der Schweiz behandelten, auch Victor Considerants *Au Texas* habe ich in Teilen gelesen, darin wird die geplante Kolonie La Réunion skizziert, kann ich mir vorstellen an so einem Unterfangen teilzunehmen? Ich weiß es nicht. Ich lebe allein, das Leben in einer Gemeinschaft kenne ich nicht gut, im Grunde denke ich, dass es mir gefallen würde, der triumphierenden Erzählung des Chirurgen über das gescheiterte Unterfangen hatte ich keinen Glauben geschenkt, auf dem Rückweg zu meinen Gastgebern hielt der Chirurg, der selbst übrigens deutscher Abstammung war, den Wagen auf Wunsch seiner Frau am Straßenrand an, ein Haus stand zum Verkauf, und sie wollte einen Blick darauf werfen, sie stieg aus dem Auto, das unter dieser Bewegung leicht schaukelte, ich schwieg, die untergehende Sonne schien direkt durch die Windschutzscheibe, der Chirurg klappte die Sonnenblende herunter, die Frau ging ein paar Schritte die Auffahrt hoch, in diesem Moment näherte sich ein Auto, das mit dem Namen einer Sicherheitsfirma beschriftet war, und rollte langsam an uns vorbei, später erklärte das Ehepaar, bei dem ich untergebracht war, es handle sich dabei um Polizisten, die in ihrer Freizeit die Viertel bewachten, diesen Dienst hätten die Nachbarn selbst organisiert, es habe einige Zwischenfälle gegeben, beide lachten abwiegelnd, sie boten mir ein Glas Wein an, das ich freundlich ablehnte, ich habe so viel Fisch gegessen, sagte ich, dass ich nichts mehr zu mir nehmen kann, in dieser Nacht lauschte ich im Halbschlaf dem Rauschen des Windes in den Büschen vor dem offenen Fenster, das Paar schien glücklich zu sein, obwohl der Ehemann zuletzt noch eine Geschichte erzählt hatte von Neffen und Nichten, die erst vor Kurzem den Weg über die Grenze in den Staat Texas eingeschlagen hatten und nun unter unglücklichen Umständen und in Krankheit nicht weit entfernt lebten.

Nach meiner Ankunft habe ich, sagte Winnie, einige Wochen in Frankfurt gelebt, ich nahm ein Zimmer in Bahnhofsnähe zur Untermiete und gab dafür einen großen Teil meiner Ersparnisse aus, obwohl das Zimmer in einem denkbar schlechten Zustand war, die Fenster stets beschlagen und der Fußboden mit einem hellbraunen Laminat nur behelfsmäßig bedeckt. Nachts wurde ich immer wieder von den lauten Stimmen der Besucher eines sogenannten Casinos geweckt, dessen Hinterausgang in den Hof führte, an dem auch mein Zimmer lag. Oft handelte es sich um verzweifelte Spieler, die von Sicherheitskräften aus dem Lokal gewiesen wurden und in ihrem Unglück an die Tür hämmerten und Einlass begehrten, als hinge ihr Leben davon ab, und so mag es auch gewesen sein.

Ich hatte also seit der Besteigung des Frachters an der amerikanischen Ostküste keinen ruhigen Schlaf mehr gefunden und, seit ich mich in Spanien von der Professorin verabschiedet hatte, auch kaum ein Wort mehr gesprochen, ich fühlte mich einsam. Meist bestellte ich am späten Nachmittag in einem asiatischen Lokal beim Bahnhof eine Flasche Coca-Cola und eine Suppe, die leicht säuerlich schmeckte, und las, als bemerkte so niemand, dass ich ganz ohne Begleitung Tag für Tag da saß und dieselbe Suppe aß. Dort erfuhr ich auch von jener Ausstellung in Basel, die Werke Bas Jan Aders zeigte, die Ankündigung fand sich in der Frankfurter Allgemeinen Zeitung, die stets in einer großen Holzklammer bei der Garderobe hing, und ich beschloss, am nächsten Tag bereits in die Schweiz zu reisen.

Die Schriftstellerin sagte, sie sei im Winter vor einigen Jahren einer Einladung in die Schweiz gefolgt, und bald nachdem der Zug die Grenze beim Badischen Bahnhof in Basel passiert habe, sei Schnee aufs heftigste gefallen. Sie erinnere sich an die Stadt, die zu beiden Seiten des Rheins dicht an das Ufer anschließe und an die zahlreichen Brücken, die über das Wasser führten. Sie habe aus dem fahrenden Zug einen kurzen Blick rheinabwärts geworfen, dort habe sie nicht nur die Anlagen der pharmazeutischen Industrie, sondern auch den Container-Hafen vermutet, zumindest einige Kräne gesehen.

In Basel, so fuhr Winnie fort, wurde derjenige Film des Künstlers Ader gezeigt, von dem ich bereits bei meiner Überfahrt nach Europa gelesen hatte. Ein Mann, Ader selbst, so vermutete ich, saß darin auf einem Hausdach und fiel dann, äußerst langsam, von diesem Dach herunter. Das Thema sei die Schwerkraft, sagte ein Besucher, der sich die Aufnahme gleichzeitig mit mir anschaute. Aber, sagte seine Begleiterin und streckte ihren Zeigefinger in die Luft, als warnte sie, dieser Fall sei offensichtlich mit dem Tod verwandt. Ich ging weiter und sah mir eine Aufnahme an, die den weinenden Ader zeigte. Das Thema sei die Schwerkraft oder der Tod, diesen Satz notierte ich auf der Broschüre zur Ausstellung.

Dann lernten Sie den Logistiker kennen, sagte die Schriftstellerin triumphierend. Wir trafen uns zufällig, antwortete Winnie, als wir beide über die Wettsteinbrücke gingen und ein Fahrradfahrer plötzlich stürzte, weil er mit seinem Rad zu nah an den Bordstein geraten war. Auf dieses Ereignis war ich schlecht vorbereitet, seit Tagen hatte ich ja in keinem direkten Kontakt mit anderen Menschen gestanden, zudem schien mir der Sturz des Fahrradfahrers äußerst bedeutungsvoll zu sein, stand er doch – so dachte ich damals zumindest – in einem direkten Zusammenhang mit dem Künstler und seinen Arbeiten, mit der Schwerkraft und mit dem Tod. Der Fahrradfahrer blutete am Kopf, und ich redete auf den Logistiker ein, der gleichzeitig mit mir hinzugetreten war, und bedeutete ihm, wir müssten den Mann von der Straße auf den Bürgersteig hieven. So ein Körper ist schwer, fügte sie an.

Und sahen Sie sich danach wieder?, fragte A. L. Erika, aber während sie die Frage stellte, verließ sie selbst schon den Raum. Der Student bemerkte: Bei einem Vortrag in Glendale, der den Künstler Bas Jan Ader betraf, sah ich die Schriftstellerin zum ersten Mal, sie sagte allerdings kein Wort. Während Sie, rief die Schriftstellerin, ganz einfach Walt Whitman zitierten! Im Hintergrund saß A. L. Erika, fügte der Student an. Bas Jan Ader bestieg im Jahr 1975 ein Boot in Cape Cod und segelte über den Atlantik davon, sagte der Logistiker.

Der Ort, an den ich denke, sagte Frau Boll, ist, da nun wiederholt von Walt Whitman die Rede war, die amerikanische Ostküste, die ich selbst nur aus Büchern kenne, davor läuft im Jahr 1836 ein Schiff auf Grund, es ist die *Mexico*, für die Überquerung des Atlantiks hat sie siebzig Tage gebraucht, ihre Fracht: Eisen und Kohle.

Der Ort, an den ich denke, sagte der Student aus Glendale, ist das Oberdeck der *Mexico*, darauf stehen hundertelf Passagiere, sie wandern aus nach Amerika. New York ist in Sicht, die Crew versucht, mit Signalen einen Lotsen anzufordern und Notrufe durch den Sturm zu senden, sie erhält keine Antwort und ist gezwungen, wieder aufs offene, stürmische Meer hinauszusegeln. Am nächsten Morgen sendet die *Mexico* erneut Signale aus, keine Antwort.

Der Ort, an den ich denke, sagte Frau Boll, ist die Küste bei Hempstead, hier lebt Walt Whitman, als die *Mexico* auf Grund läuft, der Aufprall bricht das Steuerruder ab, der größte Kreuzmast knickt um, und ihr Rumpf wird aufgerissen. Die Passagiere retten sich aufs Hauptdeck, einigen gelingt es, ihr Geld an ihren Körpern zu befestigen, im Versuch, es zu retten. Die Temperaturen liegen unter null, und die Wellen, so sagt man, sind haushoch. Obwohl das Schiff nicht einmal dreihundert Meter vor der Küste liegt, kann es kaum erreicht werden. *Ich suche mit der Menge, aber niemand,* schreibt Whitman später, *wird uns lebendig zugespült, In the morning I help pick up the dead and lay them in rows in a barn.*

Und der Logistiker sprach: Nach wie vor schlief ich nicht in jenen Tagen, ging durch die Zimmer, saß in der Küche, weißes Licht schien in den Raum hinein, in alle Räume, ich war müde, aber schlief nicht, nie, täglich betraten die Grenzgänger ein Land oder das andere und kehrten am Abend wieder zurück, es war ein Kommen und Gehen, das Windrad auf dem Balkon war ganz außer sich, auf dem Parkplatz ging das Flutlicht an, durch die Rue de la Frontière rannte das Kind, es spielte einen irrwitzigen Singsang auf seiner Flöte. Dies alles geschah zur selben Zeit, es brach der Tag an vor den Fenstern, der nächste, der nächste, dann gingen sie allesamt zu Ende fidibum. Und während ich erst nur alle Dinge fallen ließ, während sich alles im Fall von mir entfernte und ich dann begann, das eben Geschehene zu vergessen, während die Müdigkeit sich sanft und gleichmäßig in meinem ganzen Körper verbreitete, so stellte ich nun fest, dass ich endlich den Verstand verlor, dass ein zweiter Gedanke nicht mehr an den ersten anschloss oder vielmehr: dass kein Gedanke je ein Ende mehr fand. Es fehlte mir der Zusammenhang zwischen den Ereignissen, den Dingen, die ich sah, ich war ganz außer mir, ganz außer mich geraten. Hin und wieder klingelte das Telefon, und ich hob ab, der Journalist berichtete, in den Zeitungen sei die Rede von, Zitat, *Zigeunerbanden, die die Grenze vom Elsass her nach Basel überquerten,* Esther sagte, sie habe sich überlegt, dass auch sie in Rio vielleicht glücklicher wäre, dies sei aber nur eine Idee. Der unpassende Teil von mir, sprach sie leise ins Telefon, träte dort vielleicht in den Hintergrund, so habe sie es auch auf früheren Reisen erlebt, sagte sie, während er hier den Blick auf alles weitere verstelle. Sie sei kürzlich zum Einkaufen nur einige Straßen weit durch die Stadt gegangen, aber habe sich dabei so untauglich gefühlt, dass sie ihren Rucksack vor dem Körper statt auf dem Rücken getragen habe, als würde sie so immerhin nicht bemerkt oder als störte sie nicht. Dabei, dies war ihr letzter Satz am Telefon, gehe es ihr gut, auch ihrem Ehemann, John, gehe es gut, kürzlich hätten sie eine längere Wanderung ins Gebirge unternommen, dabei seien sie beim Abstieg in dichten Nebel geraten, beim Aufstieg habe sie noch das gleißende Berglicht geblendet. Ich lauschte den Stimmen am Telefon, aber mit Gewissheit konnte ich nicht mehr feststellen, aus welchen Ländern, aus welchen Städten und Bezirken sie zu mir sprachen, die Namen aller Orte gingen mir gleichermaßen durch den Kopf in einer lustigen Reihe, im Fernsehen wurden Astronauten gezeigt, die durch ihre Fähre glitten, die Aufnahme war tonlos, still, und ganz ähnlich ging ich durch den Raum und die Zeit, und die Ränder der Kontinente reichten ins Meer hinein, das Kind rief: Was tun?, der Kauz flog herbei aus nächtlicher Gegend, jemand stellte ein Glas Wasser vor mich hin, und ich trank.

Jahre zuvor, sagte die Übersetzerin, verbrachte ich die Tage in ebendieser Wohnung des Logistikers, frühmorgens verließ er das Haus und fuhr Richtung Hafen, hinter dem Haus lag ein Parkplatz, der sich langsam füllte, Grenzgänger passierten den Posten, das Licht an einem Schlot blinkte Tag und Nacht. Ich war sehnsüchtig. Ich hörte Musik und las Zeitungen und Bücher, die ich in den Antiquariaten der Stadt kaufte, oft ging ich in der Absicht los, dieses oder jenes Buch zu finden, um dann festzustellen, dass dies doch nur ein Vorwand dafür gewesen war, erneut durch die Regale zu gehen und Bücher zu kaufen, auf die ich zufällig stieß. Ich las Virginia Woolf, die Reportagen von Hunter S. Thompson, ich erinnere mich auch an den merkwürdigen Roman einer in Zürich geborenen, aber in Italien wohnhaften Schriftstellerin, der eine Überfahrt von Venedig nach Griechenland auf einem Schiff namens *Proleterka*, die Proletarierin, beschrieb, und hatte ich selbst auf der Fahrt nach Europa noch geredet ohne Unterbrechung, wurde ich nun plötzlich sehr schweigsam. In diesem Sommer wurden außergewöhnlich hohe Temperaturen gemessen, und auch im Herbst wurden die Tage nur langsam kühler, auf dem Parkplatz versammelten sich nach wie vor die Autos in der Früh. Schließlich war mein Visum nur noch wenige Tage gültig, und ich fragte mich, was mir dann und überhaupt blühen würde.

Am Tag nach Winnies Abreise, sagte der Logistiker, schlug ich die alte Shakespeare-Ausgabe auf und sah, dass darin der eine Wächter zum anderen im Dunkel spricht: *Who's there?* Who's there?, rief Esther, die den Raum betrat und am Tisch Platz nahm. Who's there?, murmelte auch Fortunat, ganz in sein Buch vertieft. Als Winnie zurückkehrte nach New York, sagte der Student, kreiste die Maschine aus keinem ersichtlichen Grund eine Stunde lang über dem John-F.-Kennedy-Flughafen, bevor sie die Landeerlaubnis erhielt. Winnies Sitznachbar erzählte, er habe selbst einmal in einem Tower als Lotse gearbeitet. In Philly, sagte er, also Philadelphia. Sie, Winnie, schauten angestrengt aus dem Fenster. Die Schriftstellerin: Wenn ich mich richtig erinnere, war die Maschine halb leer, dicht fallender Schnee erschwerte die Sicht. Der Schnee fiel so dicht, rief Frau Boll mit magischer Stimme, es war kaum etwas zu sehen von der berühmten Stadt New York, von Manhattan, von Ellis Island, dem Empire State Building, obwohl Sie sich alle Mühe gaben, diese östliche Küste des Kontinents mit eigenen Augen zu erspähen. Alles schien Ihnen so bedeutungsvoll! Knock, knock!, rief A. L. Erika, als sie den Raum betrat.

106

Eine wahre Geschichte, sagte Esther und erhob sich: Mit einem befreundeten Kind bestieg ich ein Tretboot, wir stachen in See, links überholte ein Raddampfer, rechts lag das Haus, in dem einst Wagner wohnte, überall Alpgebirge, Schwäne umzirkelten das Boot, ich erklärte das Wort *majestätisch*, das Kind zog sogleich die Schuhe aus, wann immer ich das Steuer losließ, hielt es Richtung Süden, sodass wir uns Werftsteg und Bootshafen näherten, statt ins Offene hinauszuschippern, ich wies das Kind darauf hin und steuerte gegen, warum es unbedingt in diese Richtung fahren wolle, fragte ich, die Sicht war klar, die Vögel trillierten, das Kind zuckte mit den Schultern, es streckte die Füße zur Seite ins Wasser, der Winter ist vorbei, jubelte ich, sieh an, ein Ausflugsschiff namens *Schiller* passierte uns, das Kind trank Coca-Cola, über uns donnerte die Patrouille Suisse. Erst Tage später las ich zufällig, zu genau jener glänzenden Zeit, als das Kind Richtung Süden steuerte, die Alpen so majestätisch sich erhoben und das Ausflugsschiff den Quai verließ, sei am Werftsteg ein neunzehnjähriger Algerier (so schrieb die Zeitung) beim Schwimmen ertrunken.

Der Ort, an den ich denke, sagte Fortunat, ist der Louvre in Paris, ein einziges Mal besuchte ich das Museum während eines Aufenthalts in der Stadt, frühmorgens stieg ich an der Place d'Italie in die Metro, als ich kurze Zeit später aus dem Schacht auf die Rue de Rivoli trat, regnete es leicht, im Eingangsbereich des Museums waren nur wenige Menschen zu sehen, im Untergeschoss betrachtete ich die Porträts der Toten aus Antinoupolis und stieg dann die Treppen hoch, ich suchte Théodore Géricaults *Le Radeau de la Méduse*, davon hatte ich bei Weiss und auch bei Bebi Suso gelesen, ich wusste deshalb, dass es sich bei den sterbenden Schiffbrüchigen auf dem Floß um Teile der verlassenen Besatzung der französischen Fregatte *La Méduse* handelte, die im Jahr 1816 auf dem Weg nach Senegal vor der westafrikanischen Küste auf Grund gelaufen war, ebenso dass Géricault nicht nur die überlieferten Berichte und Pläne, sondern auch die Glieder und Körper Toter genau studiert hatte, dass von den hundertneunundvierzig Zurückgelassenen, die in keinem Rettungsboot mehr Platz gefunden hatten, nur neun überlebten, auch dass der afrikanische Kolonialsoldat, der auf dem Gemälde hoch aufgerichtet zuletzt versucht, die weit entfernte, kaum sichtbare Brigg Argus auf das Floß aufmerksam zu machen, kurz nach der Rettung, so schreibt Weiss, in der senegalesischen Küstenstadt Saint Louis gestorben war.

Eine wahre Geschichte, sagte Esther: 6.49 Uhr, das Radio in der Küche spielte Neil Young, ich stand am Fenster, um das Licht zu sehen, ich war lange schon wach, hatte zweimal Kaffee aufgesetzt, etwas stimmte nicht, womöglich war etwas mit der Statik des Gebäudes nicht in Ordnung, dachte ich. Im gegenüberliegenden Hauseingang zogen Notärzte einer Toten ein Laken über den Kopf.

Einen der Toten auf dem Floß der Medusa, fuhr Fortunat fort, hat Géricault nach dem Modell seines Freundes Delacroix gemalt, dies schreibt Bebi Suso in ihrem *Tagebuch einer Passagierin*, vornüber auf die Planke gesunken ist nur sein Hinterkopf zu sehen, der linke Arm über dem Knie eines anderen, der noch am Leben ist, an anderer Stelle las ich, dieses Gemälde zeige uns alle als Schiffbrüchige, die wir zwischen Hoffnung und Verzweiflung schwankten, diese Behauptung könnte unzutreffender nicht sein, Géricault hatte das konkrete Geschehen im Sinn, ich wusste, dass er Gespräche mit den Überlebenden geführt hatte, die tatsächliche Gefährdung auf hoher See, die Preisgabe der Menschen auf dem Floß trieb ihn um, so schreibt auch Suso ungefähr und erwähnt in diesem Zusammenhang zwei Gemälde von Delacroix, *Le Naufrage de Don Juan* und *La Barque de Dante*, sie alle zeigen in Seenot Geratene, als ich nur wenige Schritte durch den Saal der französischen Gemälde aus dem 19. Jahrhundert gegangen war, stand ich auf einmal vor jenem Bild, das Don Juan und seine Begleiter in einem hölzernen Boot zeigte, es schien ein starker Wind zu herrschen, Lose wurden gerade gezogen, um zu bestimmen, welcher der Männer sich zu opfern habe, während einige am Rand des Boots sich kaum mehr aufrecht halten konnten, vor allem, so las ich, zeige sich der Einfluss von Géricaults *Floß der Medusa* in Delacroix' berühmter Darstellung der Freiheit, die das Volk anführt.

Der Journalist sagte an Fortunat gewandt, er habe Bebi Susos *Tagebuch einer Passagierin* selbst gelesen, als er vor wenigen Jahren zu einer Reise nach Lissabon aufgebrochen sei. Dort angekommen, sei er über die Stadt so überrascht gewesen wie über das Buch, umso mehr, als beide – die Stadt und das Buch – ja in einem Zusammenhang standen, und so habe er jeden Tag am Ufer des Tejo gesessen und gelesen.

Fortunat: Mit zwanzig Jahren hatte auch ich die Möglichkeit, nach Portugal zu fahren, ich übernachtete im Hotel Florida an der Praça Marquês de Pombal in Lissabon, peripher schien mir die Stadt nicht zu sein, aber auf einem schmalen Rand gelegen und mit ungewöhnlichem Panorama, Tage später überquerte ich in Porto den Fluss Douro über mehrere Brücken, die alle auf unterschiedlicher Höhe ansetzten und unterschiedlich konstruiert waren, ich fuhr zum Hotel, ich legte mich hin und schlief sofort ein, im Traum ging ich über Eiffels Brücke wie von Geisterhand. Was sind die Versprechen, die Angebote und Möglichkeiten des Lebens, natürlich stellte sich mir diese Frage, kein Mensch möchte in Wahrheit stets allein sein, die Frau des erwähnten Chirurgen bedauerte ich ihrer Einsamkeit wegen, als die Mitglieder des Schweizer Vereins mich bei meinen Gastgebern in Dallas abholten, blieb die Frau im Auto in der Einfahrt sitzen und wartete, ein Gespräch entwickelte sich zwischen den Gastgebern und den Vereinsmitgliedern, niemand dachte an die Frau, die draußen saß, vielleicht hörte sie Radio in der Zwischenzeit, vielleicht saß sie im Wagen und las in einem Buch mit Gedichten von Emily Dickinson, wer weiß, während die Sonne bereits unterging, die Möglichkeit, die meine Vorfahren in Betracht gezogen hatten, betraf die Frage des Zusammenlebens, hätte ich mich ebenso entschieden? Mit ziemlicher Sicherheit. Ich entwickelte in meiner Jugend eine Leidenschaft für die Schriften bestimmter Soziologen, damals hat alles schwer gewogen, ich war getrieben von Gefühlen, ich sehnte mich nach einer Form der Assoziation mit anderen, es schien mir aber nicht möglich, darüber zu sprechen, ich las die Schriften einer älteren Generation, die einiges versucht hatte in diesem Sinn, die Kluft zwischen meiner Vision und der sogenannten Wirklichkeit war immens, deshalb die Scham, mit deutlichen Worten davon zu erzählen, dieses vehemente Verlangen wurde kleiner mit der Zeit, resigniert habe ich nicht, aber nüchtern wurde ich, die Gründung einer Familie zählte nie zu meinen Plänen, ich sehe die Welt als kompliziertes Gebäude, aber verstehen Sie mich nicht falsch, nicht jedes Unterfangen ist dabei aussichtslos.

Ich, sagte der Logistiker unvermittelt, stellte eine ähnliche Veränderung des Gefühls erstmals fest, als ich nachts in einem Wagen mit Gesellschaft in Richtung Frankfurter Tor raste, die Lichter der Stadt beleuchteten uns von allen Seiten, Musik war zu hören, aber nichts berührte mich. Später dieselbe Erfahrung an anderer Stelle, in der Landschaft, mit den Menschen. So wurden Sie erwachsen?, sagte A. L. Erika. Nein, erklärte der Logistiker, viel früher hat mich mein Vater einmal mit einem Messer bedroht.

Bebi Suso, sagte der Journalist, schreibe an einer Stelle ihres Romans, ihre Flucht habe endlich über eine ausgedehnte und nur spärlich bewachsene Ebene geführt, die, Zitat, *in sehr kleiner Distanz zur Sonne zu liegen schien, wir betraten sie zögerlich, so als beobachteten wir dabei uns selbst von einem höher gelegenen Punkt aus, und spürten augenblicklich die Wärme, die unablässig zwischen der Ebene und der Sonne zu zirkulieren schien. Mein Vater ging stets ein paar Schritte hinter mir, so als wollte er verhindern, dass ich sein Gesicht zu sehen bekomme und darin seine Furcht oder seine Erschöpfung, ich hörte die Geräusche des schweren, gehenden Körpers hinter mir, und wann immer ich stehen blieb und mich nach ihm umsah, drehte mein Vater sich rasch zur Seite und beschattete die Augen mit seiner Hand, als hielte er Ausschau oder ließe den Rundblick auf sich wirken. Dieses Panorama, stieß er einmal hervor, ohne aber den Satz zu beenden, und ich fragte nicht, was er eigentlich sagen wollte. Von der Zeit, die verstrich, während wir so über die Ebene gingen, habe ich im Nachhinein keinen Begriff, ich urinierte zweimal, einmal meinte ich ein*

Tier zu sehen, das in eine Öffnung unter Tag verschwand, ich hörte das Geräusch von Flugzeugen über unseren Köpfen, keiner Menschenseele begegneten wir.

Die Schriftstellerin sagte, sie sei einmal über Nacht von Kopenhagen nach Frankfurt gereist, sie habe sich ein Abteil des Schlafwagens mit fünf weiteren Passagieren geteilt, sie erinnere sich, sagte sie, aber nur an einen Schweden, der direkt über ihr geschlafen habe, dieser Mann sei alt und unförmig gewesen, ein schlechter Geruch sei von ihm ausgegangen, er habe im Schlaf gekeucht und gehustet, und als sie selbst, schlaflos, im Flur auf und ab gegangen sei, habe sie durch die Scheibe gesehen, dass er mit der einen Hand versuchte, sein Toupet festzuhalten, das aber bereits nicht mehr an Ort und Stelle saß. Viel später in derselben Nacht sei sie aufgewacht, im dunklen Abteil habe eine Person gestanden und sich über ein Gepäckstück gebeugt, erst nach einigen Augenblicken habe sie gemerkt, dass es sich dabei nicht um einen der fünf Passagiere handelte, außerdem habe die Person eine winzige Taschenlampe in der Hand gehalten, in diesem Moment habe sie sich zu ihr umgedreht und ihr direkt in die Augen geblickt, dann rasch das Abteil verlassen. Ich fürchtete mich kein bisschen, sagte die Schriftstellerin, im Gegenteil spürte ich eine klammheimliche Freude darüber, einem Dieb über die Schulter geschaut zu haben. Bei dem Gepäckstück, das nun mit offenem Reißverschluss im Abteil lag, habe es sich aber um die Reisetasche des schwedischen Passagiers gehandelt, und während sie dachte, dies sei wahrlich nicht die Person, die es zu bestehlen gelte, während sie sich vorstellte, wie der ältere Mann in Basel aus der Bahn stiege mit seiner in Unordnung geratenen Frisur und seiner alten Reisetasche in der Hand und dort feststellte, dass ihm seine Papiere, sein Geld, was auch immer fehlten, sei es ihr wie Schuppen plötzlich von den Augen gefallen, dass sie sich vor diesem Ekel, ja, diesem Hass, den sie auf den Schweden und die Störung, die sein Körper darstellte, zuvor empfunden hatte, unbedingt in Acht nehmen müsse. Im Gegenteil, habe sie noch gedacht, gerade als der Zug den Bahnhof von Hannover verließ und sie stracks wieder einschlief, müsse sie sich auf die Seite des Schweden, aber auch auf die Seite des Diebs stellen.

Am nächsten Morgen erzählte der Journalist mit gesenkter Stimme, er habe im vergangenen Jahr einen professionellen Mittelstürmer aus Addis Abeba interviewt, obwohl er sich eigentlich nie mit Sport befasst habe, dieser Mittelstürmer habe in seiner Funktion unzählige Reisen unternommen und sich zum Training auf Hochebenen aufgehalten, er sei, wie dies ja üblicherweise geschehe, gekauft, verkauft und verliehen worden, seinen Marktwert habe man nach einer Weile auf 250 000 Franken beziffert, und er, als Journalist, sei der Meinung, dass dies ein ganz anderes oder zumindest ein weiteres Licht auf die hier verhandelte Sache werfen könne. Von welcher Sache sprechen Sie?, fragte die Schriftstellerin. John sagte, solche Hochebenen gebe es auch in Brasilien. A. L. Erika sagte, obwohl sie sich stets davor fürchte, vom Ball am Kopf getroffen zu werden, besitze sie tatsächlich ein Paar Fußballschuhe. Das Thema, sagte der Journalist, sei der Wert des Körpers. Vielmehr, sagte Winnie, gehe es um den Sturz des Körpers. Ob denn überhaupt von einem Thema gesprochen werden könne, warf der Logistiker ein. Um ein wenig konkreter zu werden, so Herr Boll: Er sei in einem Gespräch mit seiner Frau am Vorabend zu dem Schluss

gekommen, das Thema seien die Bürger- und die Menschen-
rechte. A. L. Erika sagte, sie habe vor einigen Jahren eine histo-
rische Vorlesung besucht, darin sei erklärt worden, die Behauptung der grundsätzlichen Gleichheit aller Körper sei zu einem
gewissen Zeitpunkt in der Geschichte revolutionär gewesen. Der
Journalist sagte, der Mittelstürmer habe im Interview erklärt:
*Nicht das Spiel hat mich interessiert, aber das Spiel erlaubte mir
zu reisen, ich sah viele Städte und Plätze, ich legte viele Tausend
Meilen zurück, auf allen möglichen Wegen. Während dieser Reisen
habe ich Pläne gemacht, es schien mir, als sähe ich alle Orte nur im
Vorbeigehen, um sie mir für ein nächstes Mal zu merken, alle Län-
der, die ich bereiste, betrachtete ich unter diesem Blickwinkel einer
möglichen Rückkehr und der Frage, wie es sich an diesem oder jenem Ort wohl leben ließe.* Der Mittelstürmer erklärte außerdem
sachlich, es überrasche ihn nicht, dass zwei Verteidiger und ein
Stürmer bei einem Auswärtsspiel in einer europäischen Großstadt verschwunden seien, möglicherweise hätten sie Verwandte
aufgesucht oder in einem hellsichtigen Moment gedacht, es sei
einen Versuch wert und die Gelegenheit biete sich so schnell
nicht wieder.

Fortunat: Mit einer Schrift richtete sich Victor Considerant im
Jahr 1855 an die amerikanische Bevölkerung, um das Vorhaben
der europäischen Kolonisten in Texas zu erklären und vor den
Know-Nothings, die den Einwanderern ablehnend gegenüber-
standen, zu verteidigen, *ich schlug meinen Freunden vor,* so
schreibt er, *mit ihrem Hab und Gut und ihren ganzen Familien*
en masse *nach Texas zu emigrieren und,* so heißt es ungefähr, *dort
eine Kolonie zu gründen, um vielleicht zu finden, was uns in Europa versagt war – Freiheit, Friede und Wohlstand als Gegenleis-*

tung für Arbeit, Ordnung und produktive Aktivität, vernünftig organisiert und durchgeführt. Wir gehören, so wiederholt Considerant auf verschiedenen Seiten immer wieder, *zur großen Partei der Zukunft und des Fortschritts.*

Vor meinem Auge sehe ich selbst Felder, die der Wind bewegt, Prärien, weiß was für abenteuerliches Zeug, die große Ankunftshalle eines Bahnhofs, noch immer bin ich aufgeregt, wenn ich zu einer Reise aufbreche, die Ferne liegt mir stets als großes Versprechen vor Augen, tatsächlich setzt sich meine Erinnerung zu großen Teilen zusammen aus Augenblicken, die ich weit weg von meinem Zuhause verbrachte, das gewaltige Rauschen des Meeres an verschiedenen Stellen, die Wüste zwischen Nevada und Kalifornien im Frühsommer, ein nächtlicher Flug über Afghanistan, das Tal, durch das die Maggia fließt. Considerant schreibt, die ersten europäischen Auswanderer, die sich an der amerikanischen Ostküste niederließen, hätten bemerkenswerterweise eine Gesellschaft gebildet, die weder Herr noch Untertan kannte, *neither lord nor subjects,* und, so fügt er an, weder Reich noch Arm.

A. L. Erika sagte, während vieler Monate habe sie die Schriftstellerin nach dem sehr bedeutungsvollen letzten Spaziergang durch den Wald nicht mehr gesehen, nur einmal habe sie eine Nachricht von ihr erhalten. Darin, so A. L. Erika, habe die Schriftstellerin ihre unmittelbar vergangenen sowie die zukünftigen Aufenthaltsorte aufgezählt, ohne aber einen Grund für diese Mitteilung zu nennen. Und obwohl es mir unter keinen Umständen möglich gewesen wäre, der Schriftstellerin auf ihren Reisen zu folgen, so schien ihre Nachricht doch die Aufforderung zu enthalten, genau dies zu tun, also plötzlich aufzu-

115

tauchen in der Bibliothek am Holländischen Platz in Kassel oder am German Department der Oxford University und unauffällig in einer der hinteren Reihen Platz zu nehmen.

Dieser Jakob Boll, warf der Student aus Glendale ein, hatte laut Quellen: *ein wunderbar scharfes Auge und ein umfangreiches, vielseitiges Wissen, er starb im westlichen Texas auf der Suche nach vorweltlichen Tierresten.* An anderer Stelle, so sagte der Student und blätterte in seinen Unterlagen, heißt es, Boll sei, Zitat, *in einer einsamen Hütte gestorben, umgeben von seinen Fossilien: Nur der Gehilfe stand ihm bei!* Kein Wort auf diesen Seiten über die Siedlung in Dallas. Allerdings sollen Eltern und Verwandte schon Jahre vor Jakob nach Texas ausgewandert sein. Fortunat warf einen Blick auf die Bücher, die der Student vor sich hatte, und sagte, er selbst habe einmal einen Aufsatz über Jakob Boll in den Bremgarter Neujahrsblättern gelesen, zu seinem Erstaunen habe die Arbeit damit begonnen, dass der Verfasser die Fahrt in einem Nachtzug von Montreal nach Boston schilderte, die er in einem Winter in den späten Fünfziger- oder frühen Sechzigerjahren unternommen hatte, um an der Harvard Universität die Abteilung für Insektenkunde zu besuchen. Ich war überrascht, sagte Fortunat, über dieses unvermittelte Aufscheinen ganz unterschiedlicher Zeiten und Wetterlagen auf engstem Raum.

Eine weitere Geschichte, warf Esther ein: Einmal stieg ich abends in die Mühleggbahn, war sorglos, hatte auch einige Gläser Wein getrunken und fuhr nach Hause in die Stadt hinunter, in der Kabine befanden sich drei, vier Passagiere, auf einmal war ich überzeugt, der eine ziehe demnächst ein Messer aus der Tasche, atmete rasch flach, stellte mir ein immenses Gemetzel vor, aufgestochene Unterleiber, Blut überall und der vergebliche Versuch, dem Messer zu entkommen, es mit den eigenen Händen abzuwehren, nur einen Augenblick später ausgestiegen und durch die ruhige Stadt nach Hause gegangen.

Falls es weiterhin von Interesse ist, sagte der Logistiker: Ich ging schließlich nurmehr wenige Schritte hin und her durch die Zimmer meiner Wohnung, wiederholte diese aber unentwegt wie ein irres Tier, ein ungeduldiges, während sich alles Sichtbare rundum wiederholte und neu formierte: den Kauz sah ich, den Tag und die Nacht, die Verschiebung der Sonne am Himmel, den Schwimmer, das Licht über Djerba, das blendete mich, das Licht in den Räumen, das helle Licht, das überaus helle Licht, der Handel blühte, die Großbank verkündete die Quartalsergebnisse, das Kind übte auf der Flöte den Crescent City Blues, der Reingewinn der Bank betrug 690 Millionen Franken, ein Falter entfaltete seine Flügel, ein Flugzeug flog über die Flughafenstraße, darin saßen einige und flogen dem Land ihrer Geburt entgegen, uniformierte Grenzwächter gingen durch den Zug, der Richtung Zürich fuhr, der Sprecher der Bundesbahnen erklärte: Ce personnel qui est en uniforme au bord du train permet d'améliorer la sécurité et aussi le sentiment de sécurité, meine Schwester sprach am Telefon, der Pflücker ging zu Boden, nach wie vor übersetzte die Übersetzerin, das Kind pfiff weiterhin den Blues I hear the train a-comin, die Sektionschefin des Grenzwachtkorps im Radio: Es gibt in den Zügen auch gezielte Kontrollen, die aufgrund von Lageanalysen und Fahndungsrastern durchgeführt werden, also ich, sagte ein Gast im Radio, ich bin der Meinung, dass jede Jahreszeit ihren Reiz hat, auf den Frachtpapieren fehlte eine Unterschrift, der Journalist schlief vor dem Computer ein, jemand spielte Solitaire am Küchentisch, die Sektionschefin fuhr fort: Wir machen natürlich laufend Auswertungen der Aufgriffe, Sprecher: Es werden also regelmäßig Leute in Zügen verhaftet, and if that railroad train was mine fidibum, eine Stimme sagte, mitten durch das Cargoland Schweiz führt der wichtigste europäische Güterkorridor, Sprecher: Auch wenn heute noch viele Fahrgäste auf dem Weg zur Arbeit überrascht sind, wenn Grenzwächter im Zug auftauchen – an diese Art von Kontrollen müssen sie sich wohl oder übel gewöhnen, ich höre den Zug von Weitem, er rollt direkt herbei, und wenn er mir gehörte, das Kind stand nun da, die Flöte in der Hand, I see the rich folks eatin' in that fancy dining car, they're probably having pheasant breast and eastern caviar, now I ain't crying envy and I ain't crying me, it's just that they get to see things that I've never seen, die Zukunft, so der Sprecher, kündigt sich in Erstfeld und in Bodio an, vor den Eingangsportalen des Gotthard-Basistunnels, so drängte sich mir alles vor die Augen, ein großes Panorama, meine Wege wurden kürzer, kaum folgte ich noch dem Flur bis zu seinem Ende, ich wusste weder ein noch aus, ging mit flatternden Lidern, als hätten sie einen laufenden Film in einzelne Bilder zu zerlegen, fasste keinen klaren Gedanken, nur: lange würde es nicht mehr weitergehen.

Frage, sagte der Vater Fortunats: Haben Sie den Oberzolldirektor einmal persönlich kennengelernt? Nein, nie, antwortete der Logistiker. Sie sagten einmal zu Beginn, so nahm die Schriftstellerin den Faden auf, Zitat: *Alles war zufällig so, es hätte auch anders kommen können.* Aber, fuhr sie fort, so scheint es sich mit Ihrer Geschichte nicht zu verhalten, ich sehe einen klaren Zusammenhang zwischen Ihrer Tätigkeit als Logistiker und diesem Einsturz, Ihrem nervlichen Zusammenbruch, der sich in diesem Moment endgültig anzubahnen scheint, Sie armer Tropf. Wer nämlich, hob der Student zu einer Erklärung an, eine Grenze unbesehen überqueren will oder muss, versucht nicht selten den Güterverkehr zu nutzen: Der österreichische Lkw-Fahrer lud in Skafidaki einunddreißig Paletten mit Orangen in den Kühl-Sattelschlepper, in Argos kaufte er Proviant, hundert Kilometer vor Patras parkte er den Lkw für die Nacht, kurz vor der Einfahrt in die Fähre am nächsten Morgen winkte ihn die Polizei heraus, und, so, sagte der Student, steht es hier geschrieben, fand Illegale darin, im westfälisch-holländischen Grenzgebiet bei Vreden öffnete der Fahrer eines Fleischtransporters die Ladeklappen und entdeckte neun Männer, die aus dem Fahrzeug sprangen und im genannten Grenzgebiet verschwanden, die Zeitung schreibt: Bei der Suche nach der Menschengruppe setzte die Polizei auch Hubschrauber ein, die amerikanische Grenzpolizei fotografierte dreiundsiebzig Männer und Frauen, die im Frachtraum eines Lkws die Grenze nach Kalifornien bereits überquert hatten, und veröffentlichte das Bild im Internet – zusammen mit weiteren Abbildungen: siebzehn Kampfhähne, die über den San-Ysidro-Grenzübergang nach Tijuana geschmuggelt werden sollten, zum Beispiel, oder verstecktes Heroin in den Hohlräumen verschiedener Fahrzeuge. Voilà!, rief die Schriftstellerin.

Tatsächlich, fuhr der Logistiker fort, wurde ich, während ich so ging und alles sah, aber nichts mehr verstand, wie mir schien, Zeuge eines Gesprächs, es sprach eine Sprecherin: In der Nähe der Grenzen stellen die zwei Beamten ihren Bus ab und schalten ihre Wärmebildkameras ein. Beamter: So, was haben wir da? Beamter: Könnte eine Person sein. Beamter: Ja, wie weit ist die weg? Nimm mal ein bisschen die Helligkeit raus. Beamter: Also, nicht jede Person muss automatisch die Absicht haben, unerlaubt einzureisen. Schwerpunkt sind natürlich hier Personengruppen. Beamter: Da läuft er. Hast du jetzt schon eine Naheinstellung? Beamter: Das sind zwei Personen, oder? Beamter: Mhm. Beamter: Nein, das ist ein Tier. Beamter: Das ist ein Tier. Beamter: Wir hatten gestern ein ganzes Rudel Wildschweine. Man hat zwar vierzehn einzelne Wärmepunkte, aber von der Kontur und dem Bewegungsmuster allein schon – die laufen nach links, rechts, oben, unten, dann kann man ausschließen, dass es Personen sind. Selbst, fuhr der Logistiker fort, ging ich weiter hin und her, verließ ein Zimmer und betrat das nächste, kehrte kurz darauf zum ersten zurück, das TV-Programm wiederholte sich, die Sonne sank über Djerba, dann ging sie wieder auf, ein CEO stand am Hafen von Basel, Sprecher: Zu einem Hafen gehört das Fernweh. Aber auch das ist nicht das, was es einmal war. CEO: Wissen Sie, die Romantik und das Fernweh ist bei der Jugend nicht mehr da. Wenn Sie für 600 Euro nach Bangkok fliegen können, dann ist das Fernweh einfach nicht mehr da. Früher lebten wir natürlich davon – die Jungen kamen, weil sie die Welt sehen wollten.

Über ihre Reise, sagte Fortunat, schrieb Bebi Suso des Weiteren, Zitat: *Unsere Reise führte uns zu jener Zeit durch zahlreiche Landschaften, das Gelände veränderte sich stets ohne sichtbaren Übergang, nach einer langen Wanderung über die kargen Ebenen stiegen wir langsam hinab in ein Waldgebiet, das wir erst nach einigen Stunden als solches erkannten, als es nämlich dichter wurde*

und uns vor dem direkten Einfluss der Sonne schützte. Hin und
wieder flatterten Vögel aus dem Gebüsch, das den Wegrand säumte,
mein Vater schien erleichtert zu sein, dass der Weg nun weniger be-
schwerlich war, und als wir einmal kurz innehielten und beschlos-
sen, eine Pause zu machen, legte er mir seine Hand auf die Schul-
ter. Aber als hätten mich diese Reise und die Anstrengung, die mit
ihr verbunden war, meinem Vater viel zu nah gebracht, als hätte
ich sein mühsames und hilfloses Ringen um Luft nie mitanhören
dürfen, brachte mich seine Geste, von der ich nicht wusste, ob sie
eigentlich väterlich oder freundschaftlich gemeint war, in große
Verlegenheit.

Viele der Mitglieder La Réunions, sagte Fortunat, gelangten
nach ihrer Fahrt über den Atlantik auf die Insel Galveston, die
unmittelbar vor der texanischen Küste liegt, zumindest die
Männer legten anschließend den Weg von Galveston nach Dallas zu Fuß zurück, einige Frauen hatten auf dem Schiff ent-
bunden, Kinder jeden Alters hatten die Überfahrt ebenfalls mit-
gemacht, Dallas liegt über zweihundert Meilen landeinwärts,
dass man für den Transport ein Gespann organisierte, ist anzu-
nehmen, gelesen habe ich nichts davon, die Bedingungen müssen schlecht gewesen sein, jede Durchquerung eines Gewässers
bedeutete eine weitere Verzögerung, von Galveston her reisten
im Jahr 1856 auch die Eltern und die jüngeren Geschwister Jakob Bolls Richtung Dallas, die Eltern waren zu diesem Zeitpunkt bereits in ihren Fünfzigern, über ihre Überzeugungen
und Absichten, die sie so spät noch über den Atlantik getrieben haben, erfuhr ich an keiner Stelle etwas, die Töchter Susan
und Dorothea und der Sohn Henry heirateten kurz nach der
Ankunft und verließen die Kolonie vermutlich noch in demsel-

ben Jahr, um in Dallas kleine Unternehmen zu gründen, Dorotheas Ehemann eröffnete eine Metzgerei im Zentrum der entstehenden Stadt, Henry taufte eine Straße, die aus nordöstlicher Richtung ins Stadtinnere verläuft, auf den Namen *Swiss Avenue*, Jakob Boll war hingegen in Europa geblieben, er führte in Bremgarten eine Apotheke, dort hatte er auch eine Frau geheiratet, er erstellte das Verzeichnis der Phanerogamen- und Kryptogamen-Flora des zwischen Zürich- und Hallwilersee gelegenen Gebiets.

Aber, rief der Student, wie der Biologe Wood Geiser im Jahr 1929 über Boll schrieb: *Trouble came upon him thick and fast!*

Bolls Frau, sagte Fortunat, erlitt angeblich einen Nervenzusammenbruch und, Zitat, *war gezwungen* – von wem?, rief die Schriftstellerin –, *die letzten fünf Jahre ihres Lebens in einem Sanatorium zu verbringen,* Bolls Ausreise nach Amerika muss bald nach dieser Verzweiflung der Ehefrau erfolgt sein, Gründe dafür sind nicht überliefert, im Lauf meiner Recherche bin ich auf zwei Fotografien von Jakob Boll gestoßen, die fast identisch sind, dieser Mann sieht jung und freundlich aus, den Blick hat er in die Ferne gerichtet, er scheint von eher schmaler Statur gewesen zu sein, der Wissenschaftler Wood Geiser zitiert in seinem Bericht eine Einwohnerin der Stadt Dallas, die Boll als Kind begegnet war, diese, Zitat, *weißhaarige Frau* sagt über Boll: *Er ließ uns die Seidenraupen füttern, und wenn wir für ihn Insekten gefunden hatten, durften wir das Mastodon-Skelett sehen. Seine große Leidenschaft war die Musik, die ihm sehr naheging.* Mir selbst, fuhr Fortunat fort, hat die Musik oft gegen die Nervosität geholfen, mein Vater spielte die Tuba, im Gegensatz zu anderen Instrumenten, so dachte ich als Kind, ist die Tuba nie schneller als ein Mensch, der geht, ich konnte stets jeden ihrer

Töne genau mitverfolgen, ihr Schall brachte manchmal ganz bestimmte Gegenstände zum Klirren, vor allem natürlich die dünnwandigen Gläser im Küchenschrank, dem Forscher mit seiner Sammeldose aus Blech und dem gespaltenen Reptilien-Stock hätten die Leute in Texas nicht über den Weg getraut, dies habe ich an einer Stelle bei Wood Geiser gelesen.

Sie habe, sagte A. L. Erika nun, während ihrer Zeit an der amerikanischen Westküste selbst ein Mastodon gesehen, als sie einmal auf dem Wilshire Boulevard landeinwärts gegangen sei und unmittelbar nach der Kreuzung Fairfax und Wilshire, neben dem dort gelegenen Gebäudekomplex, der das Kunstmuseum von Los Angeles County umfasst, einen See, ja, einen Tümpel entdeckt habe, der aber tiefschwarz gewesen sei. Winzige Eruptionen, rief A. L. Erika, brachen die zähe Oberfläche hin und wieder überraschend auf, von einem unterirdischen Ölfeld gelangte hier Asphalt ans Tageslicht, aus Rissen im Untergrund stieg Gas empor. Im 18. Jahrhundert, so las ich auf einer Tafel am Rande des Tümpels, dichtete die Bevölkerung des Pueblo de Nuestra Señora la Reina de los Ángeles mit dem Asphalt ihre Hausdächer ab, in der Eiszeit hatten sich laufend Säugetiere und Vögel in diese Tümpel verirrt und gingen darin zu Grunde, unter ihnen das Amerikanische Mastodon, das sich im Pleistozän zwischen Alaska und Florida bewegte, ein gedrungenes Rüsseltier mit beachtlichen Stoßzähnen. Am westlichen Ufer des Asphaltsees, dies sah ich, als ich das Gelände durch ein Tor betrat, befand sich die Nachbildung eines solchen Tieres, es schritt geradewegs auf den Tümpel zu oder hatte zumindest bereits einen Fuß erhoben. In diesem Moment stellte ich mir das Becken, in dem die Großstadt nun lag, zur Zeit des Mastodons vor und wie still es dort vor der Ankunft der Menschen und der fortschreitenden Entwicklung der Stadt gewesen sein musste.

Der Student: Über die Entwicklung der Städte liest man bei Aristoteles, eine Stadt bestehe aus unterschiedlichen Arten von Menschen; ähnliche Menschen bringen allein keine Stadt zuwege. Höchstens eine Familie, sagte die Übersetzerin, allerhöchstens. Der Journalist seufzte und sagte, er sei der Meinung, dass dies ein Knackpunkt sei. Die Schriftstellerin zuckte mit den Achseln, mit der Familie habe sie sich in ihrem ersten Buch und dann nie wieder beschäftigt. Die Gründung einer Familie, sagte Fortunat, zählte nie zu meinen Plänen, als Kind hatte ich mir hingegen schon gewünscht, in einer Großstadt zu leben.

Schließlich war wiederum der Journalist am Telefon, sagte der Logistiker, ich wusste weder aus noch ein, den Hörer am Ohr ging ich hin und her, schien mich zuweilen lange Zeit an einem andern Ort zu befinden, ging während vieler Tage über Hügel, über ganze Kontinente ging ich, und die Ränder der Kontinente reichten ins Meer hinein, die Pfade lagen scheinbar harmlos da, dann tauchte ich wieder auf, bemerkte den Hörer in meiner Hand und die Stimme des Journalisten, die daraus erklang, es konnten nur Minuten vergangen sein. In meiner Verzweiflung drehte ich alle Lichter an und kurz darauf wieder aus, in der Ofentür spiegelte sich mein Gesicht, ich sah, dass mir die Augen weit offen standen, verständnislos betrachtete ich mich selbst und sah mir zur gleichen Zeit an, dass ich nichts verstand, der Journalist sagte am Telefon, erst die Berührung des anderen, und sei diese Berührung zärtlich oder nicht, schaffe ein Bewusstsein dafür, dass es Dinge, Menschen gebe, die ganz unabhängig von einem selbst existierten und doch in einem deutlichen Zusammenhang. Durch die Berührung, sagte er, plötzlich laut, verstehe ich erst, dass es andere gibt, aber auch: dass ich getrennt bin von ihnen und allein, der Journalist schwieg eine ganze Weile, während ich nach wie vor durch die Wohnung raste, die Lichtschalter betätigte, die Türen öffnete oder schloss, als versuchte ich eine Ordnung herzustellen, von der ich selbst nicht wusste, wie sie aussehen sollte, weißt du, fragte der Journalist schließlich, was ich meine?, und als ich keinerlei Antwort gab, seufzte er und verabschiedete sich, er sei, dies war sein letzter Satz, zu dem Schluss gekommen, dass es nicht darum gehe, vorzugeben, man könne sich vorstellen, was andere erlebten oder fühlten, es gehe aber mit Sicherheit darum, sich genau dafür zu interessieren.

Im Schlaf, sagte die Übersetzerin, hörte ich eine Stimme, die fragte: Wo kommen Sie eigentlich her?, und gleich darauf die Schriftstellerin, die antwortete, diese Frage sei töricht. Nehmen Sie sich an der Nase und lesen Sie meine Bücher, rief sie, das Geräusch von Schritten deutete darauf hin, dass sie sich entfernte.

Schließlich, sagte A. L. Erika, habe ich die Schriftstellerin wiedergetroffen, und obwohl ich in den Monaten zuvor ja stets versucht hatte, ein Treffen unauffällig in die Wege zu leiten, ergab sich das Wiedersehen ganz zufällig, als ich in der Stadt Dortmund eine Ausstellung besuchte, die sich mit dem Augenblick des Verschwindens beschäftigte: Auch Arbeiten von Bas Jan Ader – dies ist ja nun wohl keine Überraschung – wurden gezeigt, und während ich, so fuhr A. L. Erika nervös fort, durch die fast leeren Hallen gegangen bin, dachte ich an das abendliche Treffen in Glendale, als ich so nah bei der Schriftstellerin saß, dass ich sie mühelos hätte berühren können, hätte ich nur meine Hand ausgestreckt, als die Sonne wie immer ziemlich rasch und schon um neun Uhr unterging, ich erinnerte mich deutlich an die Vortragende, die die geplante Überfahrt des Künstlers und sein Verschwinden auf hoher See so minutiös dokumentiert hatte, dass ihre Aufzeichnungen, die Belege und Bilder, die sie in mehreren Mappen gesammelt und geordnet hatte, selbst ein exzessives Kunstwerk darzustellen schienen, nach drei Wochen sei der Funkkontakt mit Ader abgebrochen, erklärte sie, zuletzt habe man das Boot in der Nähe der Azoren gesehen.

Aders Vater, sagte der Student und wies mit seinem Stift auf ein Stück Papier, das vor ihm lag, war Theologe und Widerstandskämpfer, zusammen mit seiner Frau versteckte er Juden im Pfarrhaus von Nieuw Beerta, nur wenige Kilometer von der deutsch-niederländischen Grenze entfernt. Sein Plan war es, das Durchgangslager Westerbork zu sprengen, als er im August 1944 auf dem Weg von Nieuw Beerta nach Haarlem von den Nationalsozialisten verhaftet und am 20. November hingerichtet wurde.

A. L. Erika: Etwas in diesem Sinne sagte auch die Schriftstellerin, als ich beim Ausgang auf sie stieß, wie immer verlor sie kaum ein Wort zur Begrüßung, sondern sprach so, als setzte sie nur ein Gespräch fort, das aus einem trivialen Grund kurz unterbrochen worden war, in ihrer Stimme schwang ein leicht ärgerlicher Ton mit, als hätte ich auf meinem Weg getrödelt, und sie lenkte mich zügig zurück durch die Hallen, während sie sagte, Aders Mutter habe ein Buch verfasst, das in der Übersetzung den Titel *Wir waren im Widerstand* trage, sie habe eben die letzten Seiten davon gelesen, für ihn, so zitiere Johanna Ader-Appels ihren Mann, sei die einzig legale Lebensweise unter diesem Regime die illegale gewesen, auf dem Weg nach Haarlem, so fuhr die Schriftstellerin fort, sei Aders Vater verhaftet und einige Wochen später erschossen worden.

Der Ort, an den ich denke, sagte A. L. Erika, ist ein Haus in Kalifornien, auf dessen Dach sitzt der Künstler Ader, dann fällt er, langsam, und verschwindet im Gebüsch.
Der Ort, an den ich denke, ist ein Wald, rief Fortunats Vater, kein Mensch ist weit und breit zu sehen.

Victor Considerant war ein Vertreter der Schule Fouriers, sagte Fortunat, Fourier glaubte daran, dass der Mensch grundsätzlich gut, aber die Gesellschaft schlecht organisiert sei, er propagierte die Idee der Gleichheit aller aufgrund der Arbeit, in der 7. Epoche der Menschheit, der Epoche der Assoziation der Arbeit, des Kapitals und des Talents, würde laut Fourier der glücklichste Zustand erreicht sein, *l'aurore du bonheur.* In seinem Phalanstère, das Lernen, Arbeit und Wohnen nach genauem Plan ideal verbinden sollte, wies er aber den Juden den Platz im Erdgeschoss zu, dass er ein Antisemit war, dies geht aus seinen Schriften hervor, in einer viertägigen Vorlesung über die Ideen Fouriers sagte Considerant in Dijon, von der Baukunst einer Gesellschaft lasse sich auf die sozialen Verhältnisse schließen, Zitat, *die Wilden leben in Hütten, die Nomaden unter Zelten,* das von Fourier skizzierte Gebäude sollte zweitausend Personen *von verschiedenem Geschmack, Charakter, Rang und Vermögen*

127

unterbringen, die Wohnräume sollten in Größe und Eleganz verschieden sein, sodass es möglich sei, Zitat, *die Reichsten wie die Ärmsten ganz nach ihrem Wunsche unterzubringen,* eine Rangordnung war also nach wie vor vorgesehen, an dieser Stelle verfolgte ich Fourier nicht weiter, da waren einige Hunde begraben, ein radikaler Wunsch nach Veränderung schlummert seit jeher in meinem Hinterkopf, die fast religiöse Vorstellung einer möglichen Zukunft, artikuliert habe ich sie nie, aber wie eine allerletzte Flasche Wasser stets eng am Körper mit mir durch die Gegend getragen, allein zu leben, aber nicht allein zu sein, das war vielleicht mein größter Wunsch, die Gesellschaft der Bienen ist sehr gut organisiert, sagte mein Vater einmal, aber ist sie gerecht?

Der Logistiker: Der Journalist hat mich schließlich fast täglich angerufen, im Nachhinein haben sich diese Telefongespräche zu einer einzigen langen Rede zusammengefügt, im Hintergrund wechselte das Licht in unerhörtem Tempo, Tag, Nacht, Tag, die Verschiebung der Schattenflächen vollzog sich ohne Unterbruch, er habe dieses oder jenes Buch gelesen, sagte der Journalist, er habe am Vortag diesen oder jenen Bekannten getroffen, er habe gerade einen Kommentar verfasst, auf der Redaktion habe man ihm geraten, sich zur Abwechslung mit Literatur zu beschäftigen, er wirke so ernst und geradezu verbissen, also, so fuhr der Journalist fort, habe er sich eine Aufsatzsammlung besorgt, die er besprechen wolle, es handle sich, erklärte er und lachte trocken, um eine Reise in die Grenzgebiete aller Art, die Redaktion werde sich wundern, es gebe auch hier einen Zusammenhang, die Bienensprüche tauchten in den Texten ebenfalls auf, dies aber nur am Rand, *da sah ich,* deklamierte der Journalist, *eine Biene aus dem Mund meines schlafenden Freundes entwischen, sie flog davon, überquerte einige Bachschnellen und verschwand durch eine Öffnung in einer alten Ruine,* in all der Zeit tat ich kein Auge zu.

Diese Aufsätze, sagte die Schriftstellerin ungerührt, habe ich seit ihrer Veröffentlichung nicht mehr in die Hand genommen. Am Tag meines fünfzigsten Geburtstags erreichte mich ein Paket, das zwanzig Exemplare des soeben erschienenen Buchs enthielt, auf einer beiliegenden Karte wünschte mir der Verleger viel Glück zum Geburtstag und gratulierte mir zu der Veröffentlichung, Sie müssen sich vorstellen, sagte die Schriftstellerin, dass ich im Flur meiner Wohnung stand, während es draußen schneite, zu meinem Geburtstag hatte ich ein festliches Hemd angezogen, ich war allein, vor mir lagen die zwanzig Bücher, die alle dieselbe Schilderung meiner Reise an die Grenzen, die stets demütigend, wenn nicht tödlich sind, enthielten, der Schnee fiel fröhlich, in der Hand hielt ich die Karte wie vom Blitz getroffen. In diesem Moment beschloss ich, kein weiteres Wort zu schreiben. Die Taktlosigkeit des Verlegers bestürzte mich ebenso wie die offensichtliche Wirkungslosigkeit meiner Arbeit: Mein Leben als Schriftstellerin ist beendet, teilte ich dem Verleger schriftlich mit.
Hingegen erzählten Sie in Dortmund, sagte A. L. Erika, an Ihrem Geburtstag hätten Sie ein rauschendes Fest gefeiert und Agavenschnaps getrunken, wir standen vor einer Arbeit, die den Künstler Ader zeigte, der in einem Augenblick an einem Ast über einem Kanal hing und im nächsten Augenblick fiel, in Hörweite erklärte eine Besucherin ihrem Begleiter, das Thema des Werks sei nicht nur die Schwerkraft, sondern das Problem

des freien Willens. Der Künstler, fuhr die Besucherin fort, trifft die Entscheidung, den Ast loszulassen, aber in diesen Baum ist er womöglich nicht freiwillig gestiegen. Die Schriftstellerin, sagte A. L. Erika, wandte sich in diesem Moment abrupt ab: Lassen Sie uns gehen, sagte sie, und wir verließen das Gebäude, traten alsbald auf die taghelle Straße hinaus.

Mir, rief Winnie, schrieb die Schriftstellerin in einem Brief, sie habe nun mit fünfzig erstmals das Gefühl, als Schriftstellerin ernst genommen zu werden, dies könne aber höchstens mit ihrem Äußeren zusammenhängen, es habe sich ansonsten nichts verändert.

Im Fernsehen, sagte der Logistiker, fragte die Moderatorin: Was heißt es, schlaflos zu sein, und wie findet man den Schlaf? Wir fragen: Was erleben Leute, die nicht schlafen können? Antwort: Zu Beginn ist mein Körper ganz ruhig und entspannt, dann fängt es direkt über den Augen an, da rennen die Gedanken hin und her, als könnte ich die Augen aus diesem Grund nicht schließen, dann fangen auch die Beine an zu zucken. Das löst eine Wut aus, sodass ich denke, ich springe aus dem Fenster oder ich schlage etwas zusammen. Aber um aufzustehen bin ich dann zu müde. Antwort: Bei mir ist es vor dreißig Jahren losgegangen mit diesen unangenehmen Missempfindungen in den Beinen, das kann ein Kribbeln sein oder ein Spannungsgefühl, dann wieder zucken die Beine plötzlich: ein Nervenstich durch das ganze Bein, sodass der Fuß in die Luft geschleudert wird. Verstehst du, was passiert?, fragte der Journalist am Telefon, ich hatte keine Ahnung.

Ich erinnere mich an dieses Telefongespräch, sagte der Journalist. Zu diesem Zeitpunkt kam ich meiner journalistischen Arbeit nicht mehr nach, auf der Redaktion hatte ich verkündet, ich würde mich nicht nur mit den gesammelten Aufsätzen, sondern mit dem Gesamtwerk der Schriftstellerin befassen. Tatsächlich habe ich zumindest die Aufsätze ausführlich studiert und eine Exzerptsammlung angelegt, die angekündigte Rezension habe ich aber nie in Angriff genommen. Vielmehr bestätigten mich die gesammelten Passagen in meiner Überzeugung, die journalistische Arbeit sei zwar nach wie vor wichtig, stelle aber in diesem Augenblick eine unzureichende Reaktion auf die Verhältnisse dar.

Der Journalist, so fuhr der Logistiker fort, erklärte am Telefon, das Schreiben dränge zwar im besten Fall beharrlich und mit Nachdruck auf Veränderung, manche Momente verlangten aber nach einer Form des Widerstands, die unmittelbar und ebenso extrem sei wie die Situation, auf die sie reagiere. Die Moderatorin, sagte der Logistiker, war nach wie vor auf dem Bildschirm zu sehen, was haben Sie getan, um Schlaf zu finden?, fragte sie, Antwort: Ich habe kalte Bäder genommen und bin nachts im Garten herumgelaufen, ich schlief nicht mehr im Bett, sondern auf dem Steinboden. In Hotels legte ich mich oft ins Bad, weil es dort am kühlsten war. Das Telefon klingelte, am Apparat sprach Esther: Ohne erklärlichen Grund hätten sich an diesem Tag Teile der Küchendecke gelöst und seien auf den Fußboden gefallen, zuvor habe sie bereits Risse im Putz entdeckt, an die sie aber keine weiteren Gedanken verschwendet habe, ein feiner Staub breite sich jetzt in der ganzen Wohnung aus, aber, dies habe der Vermieter telefonisch mitgeteilt, dass mit der Statik des Gebäudes etwas nicht stimme, sei nicht möglich. Moderatorin: Und wie verbringen Sie die Nacht? Antwort: Um zwei Uhr lösche ich das Licht, um drei höre ich die Kirchglocken, um vier kommt jeweils ein Motorradfahrer mit den Zeitungen und hält bei jedem Haus, dann höre ich es fünf Uhr schlagen, dann wird es halb sechs. Ich muss tun, was die Situation von mir verlangt, rief der Journalist am anderen Ende der Leitung, die Moderatorin deklamierte: Schlaflos ist, wer durch innerliche oder äußerliche Unruhe am Schlaf verhindert wird, der Kauz war eben zu einem Rundflug aufgebrochen, zwei Frauen flanierten Arm in Arm durch die Rue de la Frontière.

A. L. Erika: An jenem Abend in Dortmund besuchte ich die Lesung der Schriftstellerin, direkt beim Eingang wurde sie in Empfang genommen, und beide gaben wir nicht zu verstehen, dass wir in einem Zusammenhang standen, beiläufig entfernte ich mich und ging durch das Foyer. Als die Lesung begann, setzte ich mich in eine der hintersten Reihen, und während die Schriftstellerin erst aus ihren Büchern las und im darauffolgenden Gespräch den Moderator, der seine Fragen in einem groben, leicht vulgären Ton stellte, kaum zur Kenntnis nahm, sondern äußerst gedrängt vortrug, was ihr gerade durch den Kopf zu gehen schien, betrachtete ich unentwegt ihr Gesicht. Ihr Blick wanderte hastig, während sie erklärte, das Verhältnis von Fiktion und Wirklichkeit sei äußerst kompliziert, aber der Stoff müsse stets von draußen kommen, einmal schien sie in meine Richtung zu schauen, und ich wandte mein Gesicht überrascht ab, eine große Aufregung hatte mich längst wieder befallen.

Die Schriftstellerin saß am Tischende mit gefalteten Händen und hörte aufmerksam zu. Am Abend zuvor hatte sie lauthals verkündet, sie lasse sich nichts mehr erzählen, nun sagte sie kein Wort.

A. L. Erika setzte sich, als der Journalist zu sprechen begann. Die erwähnte Exzerptsammlung, sagte er, erweiterte ich mit Passagen aus anderen Texten, ich las erneut Bebi Susos *Tagebuch*, Angela Davis' Schrift über Gefängnisse und das unter dem Titel *Imperial* erschienene journalistisch-literarische Konglomerat eines amerikanischen Schriftstellers, das die treffende Hypothese enthielt, Amerikaner und Amerikanerinnen passierten die Grenze oder sie täten dies nicht, in jedem Fall aber blieben sie selbst unverändert, Mexikaner oder Mexikanerin zu sein, bedeute hingegen, die Grenze entweder zu überqueren und dabei verändert zu werden oder aber an der Passage gehindert zu werden und aus diesem Grund eine Veränderung zu erfahren. Diese Feststellung traf in meinen Augen auf beunruhigende Weise auch auf dieses Land zu, mit dem Grenzübertritt schienen einige Personen grundsätzliche Rechte zu verwirken; und während die Schriftstellerin sich diesem Problem auf scheinbar planlose Weise genähert hatte, versuchte ich, die Situation systematisch zu untersuchen, ein mir bekannter Jurist, den ich zufällig vor dem Eingang zum städtischen Schwimmbad traf, meinte, es werde ja seit Jahren versucht, diese Hinzugekommenen aus der Rechtsgemeinschaft herauszudefinieren, ein pensionierter Kollege schrieb in einem Brief, die Frage stelle sich, wie lange man solche Zustände mittragen wolle, und sei es nur durch die eigene Anwesenheit im Land. Mit diesem Satz, sagte der Journalist, endete der Brief, und mit dieser oder einer ähnlichen Frage beschloss eigentlich auch die Schriftstellerin fast jeden ihrer Aufsätze.

Ich trank viel an jenem Abend, sagte A. L. Erika, und wie ich damals durch den Garten des Konsuls spazierte, ging ich nun durch das Foyer, aber die Schriftstellerin, die in diesem Jahr einen Preis für ihr essayistisches Werk erhalten hatte, war von einer Traube Menschen eng umringt, die nicht von ihr wich, ich hörte hin und wieder das laute Lachen der Schriftstellerin und das beifällige Lachen der Umstehenden, es verging viel Zeit, und schließlich verließ ich das Gebäude, ohne mich zu verabschieden. Einmal, fuhr A. L. Erika fort, bin ich während meiner Zeit an der Küste nach Santa Monica gefahren, dort, fuhr A. L. Erika fort, ging ich eine Weile den Strand entlang, als mir plötzlich schien, ich sähe die Schriftstellerin in der Ferne vor mir, ich folgte ihr, die jetzt rascher ging, kurz darauf verließ sie den Strand und überquerte einen Parkplatz, vor mir sah ich ihre Schultern, den Körper, der Mantel wurde vom Wind gegen ihre Beine geschlagen, ich sah: über einem Stuhl lagen Kleider, eine kleine Lampe brannte im Raum, ich meinte plötzlich, ihr ganz nah zu sein, sie fast zu berühren, mich in der unmittelbaren Nähe ihres Körpers zu befinden, ich ging schnell, um die Person vor mir einzuholen, bald sah ich nur noch ihre Umrisse, den flatternden Mantel, ein Falter flog um die Lampe, das Beste sei, die Lampe einfach auszuschalten, sagte eine Stimme, ich atmete heftig und folgte ihr weiterhin, stolperte über einen Randstein, das Fenster war leicht geöffnet, der tosende Ozean lag mir in den Ohren, ich meinte auf einmal, ganz nah bei ihr zu sein, ich stand in einem dunklen Zimmer, mit einer Hand berührte ich ihre Schläfe, der Falter war verschwunden, sind Sie noch da, hörte ich die Stimme der Schriftstellerin, als ich in Dortmund, ohne mich verabschiedet zu haben, aus dem Theater trat, und ich antwortete, ja, ich bin hier.

Der Ort, an den ich denke, sagte Fortunat, ist ein Schiff, es fährt von Venedig nach Patras und trägt den Namen Ikaros, hauptsächlich ist es weiß, das Deck aber blau gestrichen, auf zwei Etagen werden Personenwagen und Lkws geladen, die Fahrt über das Mittelmeer dauert zwei Tage und zwei Nächte, einige Häfen werden unterwegs, oft mitten in der Nacht angelaufen, als sie die Flucht von der Insel Kreta antraten, sagte der Vater zu Ikaros, er solle sich auf dem Flug nicht zu hoch in die Luftregion versteigen, und band dem Kind die Flügel um den Leib, dabei zitterte und weinte er, aber das Kind war unbeschwert, das Meer lag ruhig vor ihnen, einige Schiffe waren am Horizont zu sehen.

Eine wahre Geschichte, sagte Esther: Ich traf den Journalisten zufällig am Marktplatz, trug selbst ein Buch in der Hand, der Journalist grüßte knapp und fragte, was ich da lese, als in unmittelbarer Nähe, bei der Calatrava-Halle, die Polizei einen Passanten mit lauten Rufen zum Stehenbleiben aufforderte, bereits in diesem Moment rührte sich der Journalist nicht mehr und schaute nur ausdruckslos in jene Richtung, als hätte er bereits gewusst, dass sich die Beamten im nächsten Moment auf den Fußgänger stürzen und ihn, der sich heftig wehrte, mit ganzer Kraft zu Boden drücken würden, sodass der Mann kaum noch zu erkennen war zwischen den Uniformierten, der Journalist tat keinen Schritt, aber atmete rasch, der Passant kam mit dem Gesicht nach unten auf dem Asphalt zu liegen, die Polizisten traten schließlich beiseite und ließen den Gefesselten neben der Calatrava-Halle liegen, während sie sich unterhielten, ob wir uns wohl nähern sollten, fragte ich, ein Bus traf ein, öffnete und schloss seine Türen und fuhr weiter, eine Frau mit zwei Kindern spazierte vorbei, der Journalist zog ein Stück Papier aus der Hose und notierte sich den Titel des Buches, das ich bei mir trug, erneut schlug ich vor, dass wir uns der Calatrava-Halle nähern sollten, der Journalist schien kein Wort zu hören, er sah mich nur verständnislos an und ging dann fort.

Ich, sagte A. L. Erika in diesem Augenblick, fand mich erst vor Kurzem unweit der Stadt Zürich an einem Tisch mit Freunden wieder, wir saßen eng zusammen, weil der Tisch nicht sonderlich groß war, die Gastgeber hatten eine Wassermelone in Stücke zerteilt und erzählten Geschichten von den Ländern, die sie zuvor bewohnt hatten, während der Saft der Melone über unsere Hände und Handgelenke rann, die Gastgeber sprachen von den Zentren, denen sie nach ihrer Ankunft zugewiesen worden waren, diese Zentren seien oft frühmorgens und ohne Ankündigung von Uniformierten durchsucht worden, das Wort Razzia, erklärte einer der Gastgeber, bedeute ursprünglich so viel wie Kriegs- oder Raubzug, er sei, so sagte der andere, erst kürzlich wieder von der Polizei durchsucht worden, dabei werde er jeweils auf dem Posten aufgefordert, sämtliche Kleider abzulegen, wir lachten über die Dummheit der Polizisten und verschütteten weiterhin lachend den Wein, wir tranken und aßen noch um Mitternacht, als eine Freundin, die mir schräg gegenüber saß, den Gastgeber mehrmals dazu aufforderte, diesen Vorgang der Entkleidung und Durchsuchung genau zu beschreiben, ohne zu merken, dass dieser sich dadurch direkt vor unseren Augen in allen Einzelheiten wiederholte, während wir die letzten Melonenstücke aßen und unsere Hände mit den weißen Servietten trockneten, die die Gastgeber vorsorglich auf dem Tisch bereitgelegt hatten.

Als ich den Journalisten am Marktplatz traf, sagte Esther, trug ich ein Buch in der Hand, der Journalist erkundigte sich ohne zu grüßen nach dem Titel des Buches, entschuldigend fügte er an, er sei überarbeitet und werde sich demnächst mit einem Buch zurückziehen, ich antwortete, dieses Buch mache einen sorglosen Anschein, behandle aber in Wirklichkeit den Tod, in diesem Moment entfernte sich der Journalist bereits.

Ikaros, sagte Fortunat, stieß trotzdem in die höchste Luftregion vor und näherte sich der Sonne, über seine Gründe dafür kann nur spekuliert werden, er stürzte sofort ab ins Mittelmeer, ganz in der Nähe fuhr ein Schiff mit Passagieren vorbei, sie standen an der Reling und betrachteten das Schauspiel, der Vater des unglückseligen Kindes aber sah nur noch die Reste der Flügel auf dem Wasser schwimmen, diese Reise, sagte Fortunat, hatte das Kind nicht freiwillig getan, die eigenhändige Ermordung seines Schülers Talos aus egoistischen Gründen hatte den Vater überhaupt erst von Athen nach Kreta getrieben, »*Ikaros, Ikaros!*«, *rief er trostlos durch den leeren Luftraum,* aber der Sohn war längst versunken im Mittelmeer.

An diesem Tag, fuhr der Journalist fort, als hätte er nicht abgesetzt, traf ich eine Frau namens Helen zum zweiten Mal innerhalb kurzer Zeit am Hauptbahnhof, das erste Mal war ich ihr bei der großen Uhr begegnet, wo sie auf jemanden zu warten schien, und nun sah ich sie wieder, als wir in entgegengesetzter Richtung die Passage im Untergeschoss des Bahnhofs durchquerten, beide lachten wir über diesen erneuten Zufall, ich ertappte mich bei dem Gedanken, dass sie sich wohl oft am Bahnhof aufhalte, aber im gleichen Augenblick begriff ich, dass sie womöglich dasselbe von mir dachte, bei diesem zweiten Treffen bedeutete mir Helen plötzlich, ich müsse sie dringend treffen, sie müsse mir etwas erzählen. Als ich den Bahnhof kurze Zeit später verließ, sah ich ein großes Schild der Bundesbahnen, das neu angebracht worden war und die Fahrgäste dazu aufforderte, Bettlern kein Geld zu geben, im selben Moment ging eine Passantin nah an mir vorbei und rief mir dabei zu, ich gehe zu langsam und sei im Weg, erschrocken trat ich zur Seite, aber als ich mich umschaute, stellte ich fest, dass die Bahnhofshalle an dieser Stelle fast leer war, auf den Aushängen am Kiosk verlangten die Schlagzeilen härtere Strafen für jugendliche Straftäter, zwei Uniformierte hatten sich in Stellung gebracht und warteten die Ankunft eines Zuges ab.

Der Journalist, sagte der Logistiker, sprach weiterhin am Apparat, während ich müde in meiner Wohnung stand, dies sind die letzten Worte, an die ich mich erinnern kann: Er habe, sagte er, am vergangenen Samstag eine Frau namens Helen getroffen, diese Frau lebe seit einigen Monaten in der Schweiz, bei einem Spaziergang am Ufer der Limmat habe sie ausführlich über die modernistische Architektur in der eritreischen Hauptstadt gesprochen, die ja in ihren Ursprüngen, so sagte der Journalist, durchaus emanzipatorische Ansprüche hatte und als Mittel zur Lösung der sozialen Frage betrachtet wurde, in Asmara jedoch Instrument der italienischen Kolonialmacht war. Erst nach einer

Stunde, fuhr der Journalist fort, habe die Frau, Helen, den eigentlichen Grund für das Treffen genannt, sie sei nämlich, erklärte sie, im Besitz eines Berichts, den ein Mann aus Somalia verfasst und an sie weitergereicht habe, dieser Text sei allerdings in einer Sprache verfasst, die sie selbst nicht spreche. Helen erklärte, der Freund berichte darin von seinem Leben und habe ihn ihr ausgehändigt mit der dringenden Bitte, den Text zu veröffentlichen, mehr wisse sie nicht, der Kontakt sei vor mehreren Wochen abgebrochen, zuletzt habe sie gehört, er befinde sich in einem Gefängnis bei Bellinzona und solle bald aus dem Land geschafft werden. Der Journalist schwieg am Apparat, sagte der Logistiker, und ich hörte eine zweite Stimme, ein Zaunbauer sagte: Wir haben hier den Auftrag, das Gelände einzuzäunen – zur Sicherheit aller, worauf ein TV-Journalist fragte: Was heißt einzäunen? Wie viel Gitter müssen Sie da setzen? Antwort: Das sind jetzt rund 300 Laufmeter, die wir hier setzen. Sprecher: Innen am Zaun werden die Fremden wohnen, draußen die Bewohner des angrenzenden Quartiers. Quartierbewohner: Das betrifft mich insofern, dass 15 Meter von meinem Grundstück entfernt eine 1,80 Meter hohe Wand ist, meine Wege sind eingeschränkt. Bewohnerin: Es ist nachts hier wirklich stockdunkel, es ist ein schwach befahrenes Quartier, und da habe ich schon Befürchtungen, dass etwas passieren könnte. Ich drückte den Hörer ans Ohr, als könnte ich den Journalisten so dazu bewegen, weiterzusprechen, aber er schwieg nach wie vor, die Bewohnerin fuhr fort: Man sagte uns immer wieder, wenn Asylanten sich hier im Quartier aufhalten, dann könne man bei der Hotline der Securitas anrufen, und dann werden die abgeholt. Ich hörte, wie der Journalist weit weg atmete und endlich sprach, er sei zwar ganz ruhig, aber für ihn sei nun eine Grenze überschritten, und als er dies sagte, lachte er trocken über diesen Ausdruck, der ja, wie er sagte, zum Thema passe, es sei, erklärte er, kürzlich alles in ein und demselben Moment sichtbar geworden, als er nämlich den Bahnhof verlassen habe und die Bahnpolizei einen alten Mann, der den Passanten kleine Geschenke angeboten und um Spenden gebeten hatte, in Handschellen abführte, während die Aushänge am Kiosk meldeten, es seien Roma-Banden auf Tour in der Schweiz. Er selbst, rief der Journalist, sei just in diesem Augenblick mit dem Fahrrad im Schritttempo über einen Fußgängerstreifen gefahren, als ihn ein Passant aus einiger Entfernung anherrschte, er solle gefälligst vom Rad steigen und dasselbe schieben. Dieser Mann, sagte der Journalist, befand sich so weit weg von mir, dass sein Zuruf keinesfalls in der Sorge um die eigene Sicherheit begründet lag, vielmehr schien er das Bedürfnis oder die Pflicht zu verspüren, durch diese Zurechtweisung für Ordnung zu sorgen, eine Ordnung, die ich in seinen Augen gefährdete, der Journalist sprach immer schneller, es werde mit Verachtung nach unten getreten, es werde nur mit Missgunst in die Welt geschaut, rief er, auch ich bin kein Philanthrop, aber stell dir vor: Hier betritt ein alter Mann den Zug und reicht dir ein Feuerzeug oder ein handbemaltes sorbisches Ei, um danach um Geld zu fragen, und du, der Fahrgast, wählst auf der Stelle die Nummer der Bahnpolizei, während der Alte vielleicht noch ein wenig weitergeht und sein Glück versucht und noch nicht weiß, was ihm blüht, oder noch immer vor dir steht und die Eier umständlich wieder in die Tasche legt oder den Anruf mitangehört hat und jetzt, ganz aufgeregt, eines der Eier zerbricht, dann wird er abgeholt, sagte die Quartierbewohnerin, die Stimme des Journalisten war zuletzt leise geworden, und er schwieg erneut, wiederholte aber

140

schließlich, was er Tage oder Stunden zuvor schon verkündet hatte: Er müsse tun, was die Situation von ihm verlange. Dies sind die letzten Worte, an die ich mich erinnern kann, sagte der Logistiker, ich hängte auf, das Licht im Ofen, in allen Räumen flackerte wild und verlosch dann auf einmal, alles lag im Dunkeln. Ich verließ die Wohnung, ging endlich durch das Treppenhaus und stieg auf das Dach hinauf, als hätte ich es von langer Hand geplant. Ich sah: das Windrad hatte sich beruhigt, in der Luft flog der Kauz, ich näherte mich dem First und blickte auf die Straße, dort sah ich eine Person in Richtung Grenze gehen, und es schien mir für einen Augenblick, als sähe ich mich selbst im Schlaf, als stünde der eine Logistiker schlafend auf dem Dach oder als ginge der andere schlafwandelnd über die Grenze, aber ich schlief nicht, nein, war wach, und ich war, wie gesagt, in guter Gesellschaft.

Der Logistiker schwieg. Fahren Sie fort, sagte die Schriftstellerin.